SIGILO: MASON

TÁCTICA ÁGUILA LIBRO 2

WILLOW FOX

SLOWBURN
PUBLISHING

Sigilo: Mason

Táctica Águila Libro 2

Willow Fox

Publicado por Slow Burn Publishing

© 2022

Traducido por danni1993

Corregido por tamazarewsky

v3

UNO

Hazel

No me atreví a mirar a los ojos del hombre que me había comprado. Gracias a mi hermanastro, Nikolai, ahora le pertenecía a Franco, su segundo al mando en la mafia.

——La semana que viene te convertirás en mi esposa ——dijo Franco, sus dientes amarillentos y torcidos.

Tomó mi barbilla y tiró de mi cara, acercándola para un beso. Su aliento olía a vómito. Mi estómago se revolvió del asco.

Estábamos justo afuera de su sedán negro y este tenía la puerta abierta.

Tenía que ir con él. Pronto me moriría del hambre. Eso aún era una posibilidad después de que me fuera con el hombre con el cual estaba comprometida para casarme.

La bilis subió por mi garganta y me tragué el ácido abrasador mientras se deslizaba de vuelta por ésta. Mantuve mi boca completamente sellada, pero eso no lo detuvo de fijar sus labios gruesos y secos contra los míos. Su lengua empujó a través de mis labios, ruda y demandante, pero me rehusé a concederle acceso.

Esa escoria come-mierda podía besar las suelas de mis zapatos.

Quería matar a mi hermanastro, pero no antes de matar a Franco.

La mano gruesa de Franco palmeó mi cabeza y sus dedos se enredaron en mi cabellera antes de que tirara de ella, trayendo mi cara hacia la suya.

——Otras chicas deberían ser tan afortunadas como tú lo eres.

Mi hermanastro no estaba por ningún lado. Típico... Me vendió y siguió adelante, como si nunca signifiqué algo para él. Era una pieza de propiedad. Eso era todo.

Franco me empujó hacia el asiento trasero de su sedán. ¡Maldición, no! Tenía las de ganar ahora al estar con sólo Franco y su chofer. Si llegaba hasta su casa, quién sabía el peligro que me esperaba, con cuantos hombres me vería forzada a pelear o qué otras medidas de seguridad existían.

——¡Suéltame! ——Estrellé mi codo contra su estómago y pisé los dedos de sus pies antes de darle un rodillazo en la entrepierna.

Su chofer levantó su arma, apuntando a mi cabeza.

——Te lo ruego, me estarías haciendo un favor —— dije. Antes moriría que casarme con *él*.

——¡No dispares! ——Franco le quitó el arma al chofer y la bajó.

Lancé mi puño de nuevo, dando otro golpe, esta vez a la cara de Franco antes de que su mano jalara mi cabello y estrellara mi cabeza contra el auto.

El mundo a mi alrededor dio vueltas y las náuseas me inundaron.

Empujó mi cuerpo dentro de la parte trasera del vehículo, cerró de golpe la puerta y caminó alrededor del auto hasta llegar al asiento del pasajero del frente.

——No vomites dentro, perra.

Se encendió el auto.

Mi visión se volvió borrosa, pero fui hacia la manija de la puerta y tiré duro de ella. Maldito seguro para niños. No se abrió.

Rugido.

Volé de vuelta hacia el asiento cuando el chofer apretó el acelerador. Los neumáticos rechinaron y mi nariz picó con el olor a caucho quemado. El horizonte se hacía más pequeño en la distancia a medida que salíamos de la ciudad.

¿A dónde diablos nos dirigíamos? ¿En dónde vivía Franco?

——¿A dónde me llevas? ——Froté mis ojos confundidos y cansados. La visión borrosa estaba mejorando, pero aún me sentía como si un auto me hubiera atropellado.

——Hogar dulce hogar, cariño. Nos vamos a Rusia.

Rusia no era mi hogar.

Nunca había estado fuera del país.

Mis dedos acariciaron el medallón de oro blanco en mi cuello, la única pertenencia de mi madre que me quedaba, un regalo de mi padre fallecido.

No iba a ir a Rusia o a cualquier otro país con Franco.

Metí mi mano en mi bolsillo y tomé mi teléfono. Lo puse en silencio y envié un mensaje de texto pidiendo ayuda.

No sabía cuanto tiempo tenía hasta el vuelo o para que ellos me buscaran. Había sido una tonta al no traer un cuchillo o, al menos, gas pimienta; algún tipo de arma para defenderme.

Había memorizado el número de Mason después de acosarlo en línea. Han pasado años desde que nos vimos.

Fuimos a un internado juntos. Él se había unido al ejército después de la secundaria y yo me había ido a vivir con mi padre.

No era un secreto que él trabajaba para la compañía de seguridad *Eagle Tactical*. No podía llamarlos.

Sería muy peligroso.

Esperaba que su línea de negocios pudiera recibir mensajes de texto. No tenía el número personal de Mason; parecía ser un número privado.

Mason, necesito tu ayuda. Por favor rastrea mi teléfono y ven por mí. No pediría esto a menos que fuera una cuestión de vida o muerte (mi muerte). Hazel

Era corto y directo al grano. Era todo lo que podía hacer. Esperaba que lo recibiera y viniera por mí.

DOS

ARIELLA

La luz del sol se filtraba a través del tragaluz, dándole a la cocina un tono dorado cálido.

El aroma a café inundaba el lugar. Me apresuré hasta la cafetera, tomé una taza y me serví un poco.

Izzie estaba sentada en la mesa de la cocina comiendo un tazón de cereal. Era lo más callada que alguna vez la había visto, a excepción de cuando tomaba la siesta.

Jaxson bajó por las escaleras, ya vestido y listo para salir.

Aún necesitaba darme una ducha, pero sería rápida.

——¿Nos vamos juntos al trabajo? ——Pregunté.

——No. ——Su respuesta fue corta y su tono frío y sin emociones.

¿Había hecho algo para molestarlo?

Aún no habíamos hablado acerca de esa noche cuando me encontró en la ducha, hecha un ovillo y con el agua cayendo sobre mí. Había sido incapaz de moverme, sacudida hasta la médula. Él me vistió, me cargó hasta la cama y durmió a mi lado. Había sido la única noche en la que dormí en esa habitación. Luego había sido enviada a la habitación de huéspedes, lo que supongo tenía sentido. Acordamos que, si él iba a ser mi jefe, teníamos que mantener las cosas en el plano platónico.

Eso no era lo que quería, pero tenía sentimientos encontrados. Él no se había quedado después de la única noche que compartimos en mi casa antes de que el fuego convirtiera la casa en cenizas. Tampoco hemos hablado de ello y ahora parecía inútil volver a discutir sobre una relación que nunca podría existir.

Me quedé mirandole, la taza de café al borde de mis labios, sosteniéndola con ambas manos.

Los temblores estaban bajo control y a pesar de que mi casa se había incendiado, me las arreglé para conseguir una prescripción del médico local para las medicinas que necesitaba para combatir la disfunción autonómica ^{1} que padecía. Podía manejarlo en su mayor parte.

Su teléfono celular sonó y él lo tomó de la encimera de la cocina.

——Buenos días, Declan. ¿Qué sucede? ——Él se escabulló hasta la sala de estar para tener privacidad, o al menos, un poco de ella.

Bebí mi café a sorbos y me senté en la mesa de la cocina frente a Izzie.

——¿Está rico? ——Pregunté, tratando de entablar una conversación educada con una niña de tres años.

———————

Era mi primera semana de trabajo y Jaxson estaba encerrado en su oficina.

No estaba segura de sí estaba ignorándome o dándome espacio y un trato no preferencial.

Lucy no había reconocido mi existencia o el hecho de que ahora trabajaba para *Eagle Tactical*. Mientras ella estaba en el escritorio del frente junto a la entrada al edificio, a mí me ubicaron en el escritorio de la sala de descanso y mi portátil estaba enchufado a la toma de corriente más cercana. Estaba claro que habían hecho espacio para que me les uniera y tomaría lo que sea que pudiera conseguir, con o sin oficina. Probablemente era afortunada de que siquiera tuviera una computadora en la que pudiera trabajar; las teclas del teclado estaban disipadas y usadas.

El pasillo estaba bien, era un sitio de trabajo.

Casi podía ver a Jaxson si me reclinaba hacia atrás en mi asiento, lo cual seguía haciendo y la silla rechinaba.

Lucy me dio un vistazo por encima de su hombro. Tenía la mandíbula afilada y estrechó los ojos para fulminarme con estos.

Así que tal vez ahora no seríamos amigas como Emma y yo lo éramos.

Me parecía bien, mientras ella no me enterrara bajo un montón de papeleo.

Un mensaje apareció en la pantalla.

Mason, necesito tu ayuda. Por favor rastrea mi teléfono y ven por mí. No pediría esto a menos que fuera una cuestión de vida o muerte (mi muerte). Hazel

¿Quién era Hazel y por qué estaba recibiendo su mensaje?

Seguía sin ser muy amigable con Mason. Habíamos llegado a un entendimiento o tal vez fue porque mi cabaña se quemó que lo había perdonado.

El incendio no fue su culpa y la rabia que había sentido hacia él por venderme ese lugar de mierda, parecía estúpida ahora. Además, no había impedido que me dieran empleo y ayudó a Jaxson con Los Marginados cuando estos me amenazaron.

Casi nos habíamos convertido en amigos. Bueno, tal vez no. Él no me odiaba y yo no lo despreciaba, ya no al menos.

Me levanté y la silla rechinó.

Lucy giró en su silla, sus ojos muy abiertos.

——¿Te importa? ¡Algunos de nosotros estamos tratando de trabajar! ——Espetó.

No tenía mucho que hacer, si bien era mi primera semana y nadie me había asignado un trabajo de vigilancia o antecedentes que tuviera que investigar. Mordí mi lengua y no dije nada.

No necesitaba tener un nuevo enemigo. Ya tenía suficientes que provenían de mi pasado.

Mis botas hicieron un ruido sordo sobre las baldosas del piso y caminé tranquilamente hasta la oficina de

Mason. Toqué la puerta abierta, no quería entrar sin anunciarme.

——¿Sí, Ariella? ——Mason levantó la vista de su computadora——. ¿Qué puedo hacer por ti?

Él no sonaba encantado de que lo estuviera molestando, pero necesitaba asegurarme del que mensaje no era una broma y que era real.

——Necesito que veas algo que apareció en mi computadora ——dije. No quería explicar de más. No estaba segura de quien era Hazel para él, si era alguien para empezar y las puertas estaban abiertas. Todos podían escuchar nuestra conversación. Estaba tratando de ser discreta por su propio bien.

Su atención que había estado puesta en mí regresó a su computadora, su mano derecha manejando el ratón, dando clics y desplazándose éste.

——Declan te puede ayudar si estás teniendo problemas con tu computadora.

——Necesitas ver esto ——dije. Cuando no me miró o se levantó, lo intenté de nuevo. Supongo que si necesitaba explicarme——. ¿Conoces a alguien llamada Hazel? Parece que está en problemas.

Él saltó fuera de la silla como si ésta estuviera en llamas y me siguió hasta mi escritorio. Él se inclinó para leer el mensaje que seguía en la pantalla.

——¿Entonces? ——Pregunté.

Él estudió el mensaje por más tiempo del necesario antes de que se cruzara de brazos.

——Rastrea el número del mensaje de texto. Puedes hacer eso, ¿No es así?

Era una pregunta retórica al parecer. Ya estaba dando órdenes antes de que pudiera responder.

——Envíame sus coordenadas. Si ella se encuentra cerca de Chicago, como creo que está, entonces llamaré a mi amigo de la oficina del Cuerpo de Alguaciles de los Estados Unidos, Colton. Él nos dará una mano.

——Lo haré. ——Me senté de nuevo en mi escritorio y abrí una nueva ventana para hacer un rastreo a fondo del número de teléfono dónde el mensaje de texto provenía.

Una vez que terminé de hacer eso, pude comprobar su localización gracias a las antenas de teléfono. Efectivamente, estaba en Chicago.

Le envié un mensaje de texto a Mason con la información desde nuestra conexión privada.

——Responde el mensaje. Déjale saber que debe seguirnos el juego.

No sabía de que hablaba Mason, pero transmití el mensaje en un texto. Abrí una segunda ventana para acceder a las cámaras de vigilancia de la autopista. El vehículo donde se encontraban se dirigía al Aeropuerto Internacional O'Hare.

——¿A dónde van? ——Me pregunté en voz alta mientras miraba la pantalla.

Pasos retumbaron dentro de la oficina de Mason y luego la puerta se abrió abruptamente. ¿Estaba haciendo mucho ruido? Abrí mi boca para disculparme, pero no alcancé a hacerlo.

Mason hablaba por teléfono. Podía escuchar su voz ronca y amortiguada a través de la pared. Estaba hablando con alguien, posiblemente este tipo Colton que había mencionado antes.

¿Cómo podría el Cuerpo de Alguaciles de los Estados Unidos ayudarnos?

Con suerte no se trataba de una broma, pero la mirada que cruzó el rostro de Mason a medida que leía el mensaje en mi portátil... tenía que ser real y ella estaba en peligro. Quería hacer más. No podía sacarme esto de la cabeza. Abrí la ventana de mensajes con Hazel y envié otra respuesta.

¿Puedes decirme qué está sucediendo?

Tal vez podría ayudar más si tenía más información. Ellos se dirigían al aeropuerto. Si sabía en cual vuelo estarían, tal vez podría hackear el sistema de boletos y ponerlos en la lista de personas que no pueden volar.

¿Mason?

Tragué el nudo en mi garganta.

Si

Respondí un poco demasiado rápido. Esperaba que él no se molestara por mi mentira. Ella no tenía por qué saberlo y si podía ayudarla, ¿Por qué no intentarlo?

¿Cuál es mi color favorito?

Mierda. ¿Cómo se supone que deba saber eso? ¿Era una pregunta capciosa? Silencio total.

No respondí. Ella tampoco. La jodí.

Mason abrió la puerta de la oficina y salió hasta el corredor.

——Deja de mandarle mensajes a Hazel. Puedo ver todo desde tu monitor.

Mi estómago cayó.

Mierda.

Él no podía ver la pantalla de mi computadora desde donde se. La única explicación posible era que él decidió hackear mi computadora. ¿Había hecho eso después de que Hazel me enviara el primer mensaje?

Mason se puso su abrigo y se dirigió por el corredor hacia la entrada principal.

——Respóndele. Dile arcoíris ——gritó Mason por encima de su hombro.

Arcoíris.

Suspiré de alivio. Mis dedos tamborileaban sobre el escritorio. Esperaba por su respuesta mientras mantenía mi mirada fija en el monitor. Había varias cámaras de seguridad afuera del aeropuerto. El sedán negro dónde ella se encontraba pasó junto a la última y no volvió a salir. Me conecté a una de las cámaras, enfocándome en sus coordenadas. Necesitaba estar con ella para ver que estaba sucediendo.

¿A dónde diablos se había ido Mason? ¿No quería ver lo que ocurría? Me moví incómodamente en mi silla y Lucy me volvió a dar un vistazo por encima de su hombro con otra mirada de muerte.

Hice una mueca, pero me encogí de hombros en respuesta. No me iba a disculpar por mi preocupación por Hazel o el chirrido de la silla.

Dos SUV negros viraron bruscamente hacia el sedán, forzando al vehículo a detenerse abruptamente.

Contuve mi aliento y vi como cuatro hombres descendían portando armas y abrían la puerta trasera.

La cámara se cubrió de nieve y se desconectó.

i En medicina, el término disautonomía o disfunción autonómica hace referencia a un conjunto de síntomas que se deben a un funcionamiento inadecuado del sistema nervioso autónomo o vegetativo. No se trata por lo tanto de una enfermedad concreta sino de un cuadro clínico que pueden deberse a numerosas causas (N. del T.)

TRES

Hazel

He estado enviando mensajes de texto en mi teléfono con la cabeza baja, cuando Franco giró desde su asiento y arrancó el teléfono de mi agarre.

——¡Oye! ¡Regresa eso! ——Me impulsé hacia adelante desde mi asiento.

Franco bajó la ventana con el toque de un botón y tiró mi teléfono hacia la autopista.

——¡Bastardo!

——No necesitarás de un teléfono en Rusia ——dijo Franco. Él subió la ventana de nuevo.

Podía ver como una mirada engreída cruzaba su rostro desde el espejo lateral, complacido con lo que me había hecho.

No iba a ir a Rusia, pero el tiempo se acababa.

Pasamos la última salida y nos acercamos más a la sección de salidas y llegadas del aeropuerto. Él no parecía ser del tipo que volaba en aviones comerciales, pero era un vuelo largo.

Si él me forzaba a entrar al aeropuerto, patearía, pelearía y amenazaría diciendo que tengo una bomba, lo que sea que evitara irme con él.

¿Por qué quería que fuera a Rusia? ¿Era ahí donde vivía? ¿A mi hermano siquiera le importaba que Franco me estaba sacando del país? Dos SUV se pararon junto a nosotros antes de que una de ellas arrinconara al auto desde el frente y el otro desde la parte de atrás. El chofer frenó de golpe para evitar colisionar contra los SUV. El sedán no habría tenido oportunidad.

Cuatro hombres vestidos de manera informal y portando armas, se apresuraron hasta nuestro vehículo.

Uno de ellos abrió la puerta. Mi héroe.

——Hazel Agron, está bajo arresto. Tiene derecho a permanecer callada.

¿Qué diablos?

¿Creí que estaban ayudándome?

Síguetes el juego. Las palabras vinieron a mi mente. ¿Era esta la idea de Mason de una broma?

El hombre más cercano a mí me arrastró fuera del sedán y me empujó hacia el asfalto, de cara a este. Ató mis manos detrás de mi espalda, incapacitándome mientras me esposaba y leía mis derechos.

——¡No digas nada! ——Me gritó Franco.

¿Estaba preocupado por él o por mí? Dudaba de que él se preocupara por lo que me pasara a mí. Él podía comprar a una nueva novia. Encontraría a alguien más para reemplazarme y estaba bien con eso. Las esposas de metal se clavaron en mi muñeca mientras el hombre me revisaba por armas antes de levantarme del suelo. Me escoltó hasta la parte trasera de su SUV y me metió adentro con las esposas todavía puestas y mis manos aseguradas detrás de mi espalda.

El hombre que me había puesto las esposas fue el primero en hablar.

——Mason nos envió ——Cerró la puerta y caminó hasta el lado opuesto y se subió junto a mí——.

Siento lo del teatro, pero teníamos que hacerlo parecer convincente.

——¿Puedes quitarme éstas?

El SUV arrancó y él me quitó las esposas. Mis muñecas dolían gracias al metal. Froté las marcas que dejó, esperando que desaparecieran pronto.

Dimos vuelta alrededor del aeropuerto antes de dirigirnos hacia la autopista.

——Soy Colton Carr del Cuerpo de Alguaciles de los Estados Unidos. Usualmente no secuestramos a personas de los mafiosos.

——Tal vez deberían ——dije y me reí suavemente ——. Gracias por salvarme la vida.

——No nos agradezcas todavía. Esos sujetos no desaparecerán tan fácilmente. He trabajado toda mi vida para poner a tipos como esos tras las rejas —— dijo Colton.

——Entiendo. ——Di un vistazo hacia la ventana mientras salíamos hacia la interestatal. ¿Cuál era el plan? ¿A dónde iría?—— ¿Qué sucederá ahora?

No podía regresar a casa. Nikolai me entregaría de vuelta a Franco.

——Te estamos llevando a un lugar seguro.

——¿Cómo protección de testigos? ——Pregunté. Podría soportar el nunca hablar con mi hermano de nuevo.

——Te daremos nuevos documentos y una nueva identidad. El agente Stanford y Blakely te llevaran por carretera a través del país. Es demasiado peligroso que pises un avión ahora mismo y he hablado con Mason. Ambos acordamos que es mejor para ti mantenerte alejada de Chicago.

———

Me dormí...

Gran error.

El chirrido de los neumáticos me despertó.

Un olor fuerte y cargado a humo inundó el auto mientras me agachaba en el asiento trasero del SUV negro.

Aparté la mirada.

Se escucharon disparos desde cada lado.

El conductor, el agente Stanford, quien había permanecido en silencio por las últimas horas sangraba profusamente del pecho, respiraba agitadamente y gemía mientras jadeaba por aire.

No podía hacer mucho desde el asiento trasero.

El segundo agente, Blakely, quien había estado sentado en el asiento del pasajero del vehículo, estaba ahora desplomado en el asiento con una bala en la cabeza.

El conductor de cabello oscuro respiraba con dificultad.

——Aguanta ——gritó, su pie pisando el acelerador mientras nos conducía hacia los hombres que disparaban continuamente, embistiendo contra uno de los SUV negros antes de retroceder y hacerlo de nuevo.

Mi cuerpo se sacudía dentro del SUV. Mi corazón latía con fuerza en mi pecho.

El conductor chocó contra el tanque de gasolina del vehículo al retroceder. Di un vistazo por encima de mi hombro a la ventana trasera rota mientras acelerábamos pasando a los hombres y los vehículos, alejándonos de los hombres que me querían muerta.

El latido en mi cabeza no había terminado, lo que prolongaba el momento de agonía.

Quería escapar, alcanzar la puerta y tirarme fuera del auto hacia lo desconocido y rezar para que pudiera huir de los bastardos. Hace casi veinte horas, ellos me querían en su posesión como si fuera propiedad y Franco quería casarse conmigo. Ahora las balas llovían a mi alrededor. Parecía que él había cambiado de opinión sobre el matrimonio arreglado. A pesar de que quería ser valiente, estaba aterrorizada. Temblando profusamente en la parte trasera del vehículo, me curvé como una bola en el piso, sollozando mientras la SUV continuaba su marcha en reversa. El agente Stanford ya no jadeaba por aire. Él también se había desplomado sobre el agente Blakely, lo que no me ofrecía ni la más mínima protección.

Necesitaba recomponerme. No había llegado tan lejos, ni escapado de la mafia rusa, sólo para terminar muerta en el medio de la nada.

Mi brazo se estiró en un intento por desatar el arma del agente. Él ya no la necesitaría. Mis dedos se estiraron, jugueteando con la funda del arma desde mi posición en el suelo y el vehículo aún dando marcha atrás hacia quién diablos sabía dónde.

Con un golpe seco y fuerte, el vehículo se sacudió y rebotó, la suspensión me hacía sentir como si estuviera en un trampolín.

¿Qué diablos golpeó? No me atreví a echar un vistazo. Los hombres y sus disparos sonaban lejanos en la distancia, perdidos y olvidados. Excepto que ellos no se habrían rendido a menos que él los hubiera herido cuando embistió contra los vehículos, volviéndolos incapaces de seguirnos.

No podía recordar cuántos impactos había sentido, tres al menos. ¿Había habido cuatro colisiones? Mi cuerpo aún temblaba, mi cuello estaba adolorido y mi estómago dolía, pero eso tenía más que ver con el terror que sentía que con otra cosa.

Levanté la vista cuidadosamente, dando un vistazo a través de la ventana trasera.

Mierda. Nos dirigimos hacia un barranco.

——¡Detente! ¡Tienes que detener la camioneta! ——No sé por qué se lo gritaba a Stanford. Él estaba muerto. No podía ayudarme. Su pie permanecía sobre el pedal como plomo, rehusándose a soltarlo.

No podía decir que tan cerca estaba la caída, pero ya no se veía el pasto y las montañas aparecieron en la distancia. No parecía prometedor.

Me olvidé del arma, ya no tenía tiempo. Alcancé la manija de la puerta trasera y la abrí.

Podía ver como el pasto se movía rápidamente, el aire de invierno seco golpeó mis mejillas. Tenia que hacer esto si quería tener una oportunidad de sobrevivir y la quería, más que a nada.

Quería una segunda oportunidad en la vida.

Me apuré a escalar desde el suelo hasta el asiento. Tomé dos respiraciones rápidas antes de lanzarme fuera del vehículo, escuchando el crujido del metal más abajo.

Salí como pude fuera de la camioneta. Mis mejillas ardían, mis rodillas dolían y tenía un dolor de cabeza horrible, pero estaba viva.

Jadeando por el aire, me quedé mirando al cielo, agradecida de estar viva.

Después de varios segundos, salí de mi ensoñación y me fui a dar un vistazo cerca del barranco, mirando fijamente hacia la cornisa donde fue a parar el vehículo.

El SUV yacía abajo sobre su techo, destrozado.

Una parte de mí, quería ir hasta ahí para asegurarme de que ambos agentes estaban muertos, pero ya sabía la respuesta.

Ellos murieron tratando de salvar mi vida.

CUATRO

MASON

Era de madrugada. Mi teléfono sonó, sacándome del sueño y la comodidad.

——¿Qué? ——No era una persona mañanera y mucho menos el tipo de persona que le gustaba ser despertada de madrugada.

——Es Colton. Tenemos un problema.

Sentí como mi estómago caía. Pasé una mano sobre mis ojos cansados y salí de la cama. En la oscuridad, tomé mi ropa y me apresuré al baño.

——¡Mierda! ——Encendí la luz, el resplandor cegándome——. ¿Qué sucede? ——No estaba listo para lo que sea que él estaba por decir.

Se suponía que Hazel estaría de camino a *Eagle Tactical* para estar bajo nuestra protección. Había pedido al mejor en Chicago, y ese era Colton Carr.

——Los agentes fueron abatidos en algún momento de las últimas dos horas. Ellos no llamaron como se suponía que iban a hacerlo y su vehículo no está en movimiento. Tengo las coordenadas del GPS. Necesito que vayas y compruebes que todo está bien.

——¿Por qué no la acompañaste? ——Puse mi teléfono en altavoz, arranqué mis calzoncillos y los lancé hacia la pared. Él debería de haber estado en el vehículo. ——Te llamé a ti, Colton. No pedí la ayuda de los siguientes mejores agentes.

——Stanford y Blakely son dos de los mejores el Cuerpo de Alguaciles tiene que ofrecer. ¿Quieres que llame a la oficina del sheriff? Deberías saber que la mafia está implicada, la mafia rusa. Ellos continuarán buscándola.

Tiré de un par de calzoncillos limpios y jeans, luego me puse un suéter. Tomé mi teléfono y me apresuré con las medias en la mano a alcanzar mis zapatos.

No tenía un segundo que perder. La vida de Hazel estaba en peligro.

——Estoy consciente de eso.

——Hazme saber lo que encuentras ——dijo Colton.

——Si. ——Colgué la llamada con Colton, tomé las llaves del auto y me deslicé en mis medias y botas antes de dirigirme hacia mi camioneta——. Maldito bastardo ——murmuré en voz baja.

Le pedí hacer una sola cosa, ¿Por qué no pudo escuchar?

La oscuridad de la noche cubría la vasta expansión de tierra, a través de las montañas y bajando por el valle. El cielo nocturno brillaba por las estrellas, una vista que habría sido hermosa si no tuviera prisa por encontrar a Hazel.

Reduje la velocidad a medida que me acercaba a las coordenadas y me estacioné a un lado de la carretera. Dejé el motor encendido y los focos también, desbloqueando la puerta.

Salí hacia la calle.

No había otro vehículo por kilómetros a la vista. ¿Dónde diablos estaba el SUV desaparecido? ¿Ya había sido remolcado? Eso no parecía factible o usual en un viernes por la noche. Especialmente si el vehículo apenas había sido localizado.

Tomé una linterna de la camioneta y me adentré en el prado. Iluminando el camino que tenía por delante. Buscar cualquier rastro de Hazel parecía ser una tarea imposible.

Ella ya podría estar en otro lugar. Ella nunca había estado en Breckenridge, así que no sabría cómo encontrarme.

Mi linterna titiló, apagándose en la oscuridad.

——¡Maldición! ——Arrojé la estúpida linterna hacia la distancia, pero no escuche el golpe sordo que esperaba.

En lugar de aterrizar suavemente sobre el pasto del prado, se escuchó un ruido metálico en la distancia.

Tomé mi teléfono de mi bolsillo y utilicé la linterna de éste para obtener una mejor vista del sonido que había escuchado: un vehículo hecho pedazos en un barranco, destrozado.

——¡Hazel! ——Grité y prácticamente contuve el aliento, esperando por una respuesta.

No se escuchaban ruidos desde abajo. La oscuridad rodeaba al vehículo.

Me catapulté cuidadosamente hasta el lado del barranco, escalando la montaña. Mis botas resbalaron bajo mis pies, lo que hizo que perdiera mi equilibrio, pero pude sostenerme antes de caer sobre mi trasero.

Pude llegar hasta la parte de abajo de la zanja. Di un vistazo hacia la ladera de la montaña. Sería un infierno escalar de vuelta, pero podría hacerlo.

——¿Hazel? ——Llamé en la oscuridad de la noche.

Sin respuesta.

Me acerqué al vehículo destrozado; impactos de bala cubrían el cuerpo del SUV.

——¿Qué diablos sucedió?

Me agaché y encontré dos cadáveres masculinos. Les revisé el pulso a cada uno de ellos; ambos estaban sin vida. No había señal de Hazel.

Eso tenía que ser algo bueno. Significaba que había sobrevivido a la colisión, ¿cierto?

A menos que hubiera salido expulsada a través del parabrisas.

No, ese era un pensamiento horrible.

Ella tenía que estar viva. Hazel era una luchadora.

Llamé a Aiden. Él sabría que hacer. No quería despertar a Jaxson. Él tenía a una niña en casa y Lincoln tenía el restaurante. Declan sería útil en la oficina, así que me conecté con Aiden y Declan en una llamada en conferencia.

——¿Qué sucede? ——Preguntó Aiden. No sonaba tan cansado como yo me sentía.

——¿No eres estupendo? ——Declan bostezó——. ¿Qué sucede?

——Necesito ayuda. Es una asignación fuera del trabajo. ——No esperé por una respuesta. Me dirigí de vuelta hacia mi camioneta. Destacar en el prado mientras la buscaba, no haría ningún bien.

——Tienes mi atención ——dijo Aiden.

No quería involucrarlos. Había esperado mantener esto como un asunto privado, pero ahora se estaba extendiendo hasta ser un asunto de *Eagle Tactical*.

——Una amiga mía está en problemas. Ella vive en Chicago, su padre falleció recientemente y resulta que su hermano es el jefe de la mafia rusa.

——Mierda. ¿Por qué no solo lo sueltas? ——Bromeó Aiden.

Pasé por alto su broma. Esto no era gracioso. Hazel estaba por ahí y había hombres cazándola, si ya no lo habían hecho.

——Contacté a Colton Carr ayer cuando recibí un mensaje enviado a nuestro número de teléfono encriptado. Según Colton, Hazel fue vendida por su hermano como parte de un matrimonio arreglado. ——La bilis subió por mi garganta con sólo pensarlo ——. Colton la puso fuera de peligro y la envió en camino hacia nosotros cuando los agentes fueron sacados de la carretera y atacados.

——Mierda. ——Murmuró Declan——. ¿Crees que quien sea que la estaba persiguiendo se la llevó? ¿Es esto una misión de rescate?

Pasé una mano por mi cabello.

——Espero que no. ——Tiré de los mechones antes de dejar caer mi mano en mi regazo——. Si tenemos suerte, ella aún está por ahí, escondiéndose y esperando que la ayudemos.

——Dime que necesitas ——dijo Declan.

El teléfono se conectó al Bluetooth del auto.

Abroché mi cinturón de seguridad y me dirigí de vuelta hasta la carretera.

Hazel no era cualquier chica; ella fue mi primer amor. Todavía la amaba y siempre comparé a las mujeres con las que estuve con ella.

——¿Aparte de encontrar a Hazel? ——Sujeté el volante y di una vuelta en U, dirigiéndome hasta mi casa——. Estoy regresando a casa.

——¿Nos despertaste sólo para decirnos que vuelves a la cama? ——resopló Declan——. Cielos, gracias.

——Tengo equipos de visión nocturna y detectores termales que puedo utilizar para encontrarla. Ella anda a pie, no más de dos horas por delante de nosotros. Seguro que seguirá el camino hasta el pueblo, lo que significa que tendrá que navegar por la montaña.

——Deberíamos estar agradecidos de que no está nevando. Con suerte, ella cuenta con ropa cálida y no muere congelada ——dijo Aiden.

¡Genial! Qué manera de arruinar mi buen humor. Presioné el acelerador más fuerte, necesitando llegar a casa. Si corría con suerte, la encontraría antes que los hombres que la querían muerta.

Me preocupaba que el único vehículo abandonado era en el que ella se encontraba. El otro vehículo, o vehículos en todo caso, seguían por ahí llenos de balas. No habían sido sacados de la carretera y empujados hasta el barranco. Lo que significaba que los hombres habían escapado, acosando a Hazel como si fuera su presa.

——Me encontraré contigo en tu casa ——dijo Aiden
——. Declan, dirígete a la oficina. Tal vez puedas salir
con algo que nos ayude a entender qué diablos está
pasando.

Si encontraba a los hombres que perseguían a Hazel
primero, los mataría con mis propias manos.

CINCO

JAXSON

Fue difícil conciliar el sueño, di vueltas en la cama durante toda la noche.

Era usual que cuando caía dormido estaba muerto para el mundo, pero la dulce esencia de Ariella permanecía en mi almohada, lo que obligó a mi mente a recrear la noche que compartimos juntos.

El arrepentimiento hizo un hoyo en mi estómago.

Me ahogué en su aroma picante y aunque las sábanas no olían a sexo desafortunadamente, aún olían a *ella* felizmente. Enterré mi cabeza debajo de la gruesa manta.

Odiaba que aún no le había dicho a Ariella lo que ella significó para mí aquella noche que compartimos, pero ahora se sentía como si hubiera ocurrido una vida atrás.

Es gracioso como un par de días pueden cambiar tu vida. Mi teléfono sonó desde la mesita de noche. Aparté la manta y gruñí. No estaba listo para despertarme e ir al trabajo. La pantalla de mi teléfono iluminó la habitación sumergida en la total oscuridad.

Con la mirada cansada, alcancé el teléfono y presioné responder. Lo puse contra mi oreja y cerré los ojos, intentando despertar, lo que parecía ser contraproducente.

——*Eagle Tactical* ——dije. La llamada no era de parte de uno de los chicos y a esta hora tan desagradable, tenía que ser un cliente——. Habla Jaxson Monroe. ¿En qué puedo ayudarle?

——Ciertamente espero que puedas ——dijo una voz ronca y profunda. El hombre tenía un acento fuerte, tal vez de Ucrania o Rusia. Era difícil, diferenciarlos. Él aclaró su garganta——. Me gustaría contratarte para que encuentres a mi esposa.

Me senté en la cama y encendí la lampara.

——Usualmente no nos hacemos cargo de asuntos domésticos ——dije.

Me acerqué hasta sentarme al borde la cama. Mis pies estaban afincados firmemente en el piso. El suelo estaba helado y el aire fuera de mi manta cálida me daba escalofríos.

Con el teléfono pegado a mi oreja, me levanté y me dirigí directamente hacia mi cómoda.

——Este no es un asunto doméstico. Ella fue arrestada ayer por la mañana. Cuando contacté a las autoridades para pagar su fianza y liberarla, resulta que nunca fue fichada.

Eso obtuvo mi atención.

——¿Cree que las autoridades están involucradas en su desaparición? ——Eso sonaba un poco loco, inclusive para lo que estaba acostumbrado.

——No, eso sería absurdo.

Abrí el cajón de mi cómoda, tomé un juego de ropa limpio y lo lancé a la cama.

——Quizá no fueron las autoridades quienes se llevaron a tu esposa.

——Eso es precisamente lo que me preocupa. Tengo muchos enemigos. Odiaría pensar que ellos vinieron tras mi más preciada posesión. Puedo asegurarle que pagaré generosamente para que ella sea regresada a mí.

Aunque era bueno saber eso, no era el único factor que considerábamos.

——Envíeme una foto de su esposa, junto con su nombre y rasgos que la distingan: perforaciones corporales o tatuajes, así podremos identificarla fácilmente.

Le di al hombre mi dirección de correo electrónico para que enviara la información.

——También necesito conocerle——. Era un requisito. Necesitaba conocer a cualquiera que aceptaba como cliente para saber si no ocultaba nada y que no estaba tratando de boicotear una investigación en curso.

——Por supuesto, ¿qué tal al mediodía?

Le di la dirección de las oficinas de *Eagle Tactical* y anoté su nombre y número de teléfono antes de colgar. Me apresuré a bañarme y vestirme, metí mi teléfono en mi bolsillo trasero y apagué las luces de mi habitación. Bajé las escaleras traseras que daban hacia la cocina y encendí la cafetera. Necesitaría de la energía extra para mantenerme despierto hoy.

Mi cuerpo se sentía muy aletargado y no podía permitir que mi mente se sintiera igual.

Miré fijamente la cafetera, esperando que hiciera el café, el siseo del agua calentándose llenaba mi cabeza nublada.

——¿Quién secuestraría a una mujer haciéndose pasar por las autoridades y la arrestaría? ——dije en voz alta para mi mismo. Me apoyé sobre la encimera.

No tenía sentido. Mi instinto me hacía cuestionar todo lo que el hombre había dicho por teléfono.

Tan pronto como me comunicara con él, podría rastrear su teléfono, comprobar sus antecedentes y asegurarme de que no ocultaba nada.

Era lo que hacíamos con todos nuestros clientes que involucraban a personas desaparecidas o secuestros. En la mayoría de los casos, un cónyuge estaba involucrado o si era un niño, los padres. No le informábamos a los padres o cónyuge que revisábamos sus finanzas, antecedentes y transgresiones pasadas. Pisadas suaves se escucharon desde la escalera trasera. Me enderecé y suspiré pesadamente. Podía sentir su presencia y oler su dulce esencia desde el otro lado de la habitación. Ariella se había despertado.

——¿Te desperté? ——No quería que la pregunta sonara aguda y grosera, pero la falta de sueño me estaba pasando factura.

No era una persona madrugadora a menos que, mínimo, durmiera seis horas. He dormido menos horas, especialmente durante el entrenamiento que involucraba deprivación del sueño y situaciones de combate. Esto no era ninguna de esas ocasiones, afortunadamente.

——No, no podía dormir. ¿Está listo el café? —— Preguntó.

Tomé dos tazas del gabinete, dándoles vuelta hacia arriba.

——Casi.

La cafetera coló el café, burbujeando. El vapor salió de a parte trasera del aparato. No era de última tecnología o sofisticada, pero hacía una taza de café decente en un corto periodo de tiempo. Odiaba esperar por mi café en las mañanas.

La última gota de café salió de la cafetera y nos serví dos tazas. Me di la vuelta y le pasé una.

——Gracias ——susurró ella con su mirada puesta en mí.

Traté de no mirarla fijamente en sus pantalones de franela holgados o la camiseta blanca que se adhería a sus senos y revelaba sus pezones a través de ésta. Fallé de manera espectacular.

Sus ojos se ampliaron y ajustó su camiseta con una mano sobre sus enormes pechos y la otra llevando la taza de café hasta sus labios.

Quería disculparme; sabía que debía decir algo.

Miré hacia otra parte en su lugar, pasé una mano por mi cabello sin peinar y señalé hacia el refrigerador.

——Toma lo que quieras. Tengo irme temprano esta mañana y empezar el trabajo con un nuevo cliente.

——Oh. ¿Puedo ayudarte en algo? ——Sus ojos se llenaron de esperanza y anticipación.

——No. No tiene sentido que vengas a trabajar tan temprano. Verificaré sus antecedentes esta mañana. Veremos en que te ponemos a trabajar cuando llegues a la oficina.

Ella bebía su café a sorbos, sosteniendo la taza hacia sus labios mientras tragaba larga y lentamente——. No me molesta empezar temprano.

——No es una buena idea. ——Nosotros dos solos en la oficina, mis pensamientos eran salvajes e involucraban a mí doblándola sobre el escritorio, levantando su falda y saliéndome con la mía con ella.

Abajo, muchacho. Necesitaba calmarme antes de que ella presenciara mi excitación.

Frunció el ceño y su labio inferior sobresalió.

——Bueno, tal vez no depende de ti ——bajó su taza de un golpe sobre la encimera y restos de su café salpicaron.

Ella tenía mi atención ahora.

——¿Disculpa? ——Me moví más cerca y miré detenidamente hacia esos intensos ojos verdes suyos de una tonalidad oliva que siempre me absorbían.

——Yo trabajo para *Eagle Tactical*, no solo tú ——dijo ella. Sus labios estaban firmes y su mandíbula apretada.

El deseo me hizo querer inclinarme, envolver un brazo alrededor de su cintura y apretarla contra mi cuerpo. Imaginé como levantaba su mandíbula con mi dedo pulgar para guiar sus labios hasta los míos. Sólo centímetros nos separaban.

¿Podía ella sentir el calor que mi cuerpo irradiaba hacia el suyo? Pasé una mano por la parte posterior de mi cuello y di un paso hacia atrás para recuperarme de la fantasía. No podía suceder. No debería suceder.

Ella era mi empleada y aunque tenía sentimientos por ella, nos habíamos comprometido a no actuar sobre esos deseos. Necesitaba respetar eso. Necesitaba una ducha fría.

——¿Hice algo que te enojó? ——Preguntó Ariella.

——Si.

SEIS

Hazel

El cielo se había oscurecido y se podía escuchar a la distancia el sonido de los animales salvajes al moverse sobre el pasto. Me mantuve en el prado, la carretera a solo unos pasos, pero no me atrevía a caminar por la superficie de asfalto.

Cada vez que un auto se acercaba, me detenía y me escondía, yaciendo contra el pasto, ocultándome de los hombres que me perseguían, los mismos hombres que habían matado a los agentes.

¿Fue Franco o uno de sus matones? Sea cual sea el caso, estaba en peligro. Mis pies dolían y tenían ampollas. Sin embargo, no podía quitarme los zapatos. Eso sería aun más doloroso y estúpido. No había anticipado que los agentes terminarían muertos. Esta era toda mi culpa.

Envolví mis brazos sobre mí misma, la inclinación de la montaña probaba a ser difícil para mis pantorrillas citadinas.

No estaba en forma, al menos no para una caminata de esta magnitud. Me faltaba el aliento. Mientras más ascendía, más nieve cubría el camino.

El sonido de neumáticos sobre la grava y el fango me obligó a detenerme. Alguien se acercó. ¿Era Franco? Me agaché y me mantuve completamente quieta, el bosque me rodeaba, lo que permitiría al vehículo pasarme sin ser notada por el conductor.

La camioneta aceleró sobre la nieve derretida y la grava hacia la montaña. La luz de un porche titiló en la distancia, a través del bosque.

Salí del camino y fui a través del matorral, las ramas crujían bajo mis pies. Necesitaba tomar un atajo. Era la única manera de alejarme del frío lo más rápido posible.

Desde mi posición en cuclillas, observé con fascinación como un hombre se apeaba de la camioneta y se paraba afuera de un inmueble. Era demasiado grande para ser una casa.

No era posible que él me viera. Di más pasos hacia adelante.

Él no podía saber que estaba aquí afuera, ¿no es así? Mi estómago se hundió y limpié el sudor de mis palmas sobre mis jeans.

Él no era más que una silueta, una guapa por lo que podía deducir, pero estaba oscuro y después de un breve momento, él ya había entrado.

Merodeé cerca de la entrada al bosque y me adentré en el fango resbaladizo y lleno de nieve. Mis zapatos se hundieron en la humedad a medida que me acercaba al inmueble del que colgaba un letrero envejecido que decía "Choza del Leñador".

Había dos vehículos estacionados afuera. ¿Era el dueño y un empleado? No parecía estar abierto, pero también era muy tarde o realmente temprano, dependiendo de cómo lo mirase. Me apresuré hasta la entrada y lo intenté con la puerta, curiosa por saber si la mantenían cerrada.

No cedió. Observé a través de la ventana; las sillas estaban boca abajo sobre la mesa. El lugar estaba cerrado por esa noche. ¿Abrirían pronto? El sol podría no salir hasta dentro de unas horas, pero si ellos servían café y desayuno, entonces abrirían.

La puerta principal se abrió y salté sobresaltada. No era uno de los hombres que me perseguía.

Una mirada al caballero y él parecía ser un completo hombre de las montañas por su barba gruesa y camisa de franela.

——¡Casi me ocasionaste un infarto! ——Dije.

——¿Yo? Tú eras la que espiaba a través de mis ventanas. ——Él me miró de la cabeza a los pies antes de dar un vistazo hacia el estacionamiento casi vacío ——. ¿No tienes auto?

No tenía sentido mentirle.

——Caminé hasta aquí. ——Envolví mis brazos a mi alrededor, sintiéndome diminuta frente a su tamaño y porte.

Él podría vencerme fácilmente, pero sus ojos brillaron con humor.

Él no lucía atemorizante, no como Franco.

——Entra, sal del frío ——dijo él.

No esperé a que lo dijera dos veces o cuestionara su decisión. Lo seguí, pisándole los talones y me uní a él adentro. Exhalé larga y pesadamente; la calidez dentro del lugar ya actuaba como un calmante sobre mis músculos sensibles y adoloridos.

El restaurante estaba vagamente alumbrado y él cambió eso enseguida, haciendo que mis ojos dolieran. Aparté la vista hasta que ésta se ajustó a la luminosidad.

——Pareces que necesitas comer y tal vez de una ducha ——dijo él.

Si, claro. No me iba a quitar la ropa. Ni un chance en el infierno, amigo.

——Una taza de café suena bien——. Necesitaba que la cafeína me mantuviera despierta.

Dormí por una hora tal vez, máximo dos en el auto de camino al otro lado del país. Si hubiera sabido lo que ocurriría después, habría tratado de dormir más.

——Me llamo Lincoln ——dijo, presentándose a sí mismo.

Lo miré detenidamente, debatiendo para mis adentros de si debía darle mi nombre real o mentir.

——Ashley Sinclair. ——La mentira se deslizó de mis labios antes de que pudiera detenerme.

——Gusto en conocerte, Ashley Sinclair——. Sus ojos se estrecharon antes de ir detrás del mostrador para hacer el café.

Lo seguí, mis pies dejando a su paso un lío de nieve y hielo sobre el piso del restaurante. Lincoln me odiaría. Me odiaría aún más cuando se diera cuenta de que no podía pagar por el café.

——En realidad, me gustaría un vaso de agua.

No tenía ni un dólar a mi nombre. Mi billetera y otras pertenencias estaban con Franco.

Había dejado atrás todo lo que me pertenecía.

——Luces como si has pasado por mucho hoy. La casa invita ——dijo Lincoln.

——¿De verdad? ——No podía creer que él fuera amable sólo porque sí. La gente de Chicago no era realmente amable a menos que quisieran algo para su propio beneficio.

——Me recuerdas a alguien ——dijo él.

Me senté en el banquillo frente al mostrador.

——Bueno, puedo asegurarte que nunca nos hemos conocido. Nunca había estado en... ¿En dónde estoy exactamente?

Había estado de camino hacia Mason en *Eagle Tactical*, pero todo lo que podía recordar era que estaba en algún lugar de Montana.

——Estás realmente en problemas si no sabes en donde estás ——dijo Lincoln. Él tomó una taza y sirvió el café——. ¿Quieres crema y azúcar?

——Si, por favor. ——Él tomó un puñado de sobres de azúcar y crema debajo del mostrador.

——Gracias. ——Abrí y vertí dos contenedores con crema antes de añadir cuatro paquetes de azúcar.

——Santa mierda, te gusta lo dulce. ——Él rio y pasó una mano a lo largo de su mandíbula——- No estoy seguro de si alguna vez he visto a alguien ponerle tanta azúcar a una sola taza de café.

¿Fue grosero de mi parte hacer eso sin probar el café antes? ¿no eran todos los cafés iguales? ¿amargos y fuertes?

Su teléfono sonó y lo alcanzó en su bolsillo. Su ceño se frunció mientras respondía a un mensaje de texto.

——¿Es tu novia? ——Pregunté. Él lució confundido. ¿Tal vez ella estaba enojada porque él no estaba en la cama a esta hora?

——No. Uh, mi segundo empleo.

——Oh... ——Sostuve la taza cálida con ambas manos, soplándola suavemente antes de llevar la taza humeante hasta mis labios. Inhalé el calor antes de

dejar que mis labios rozaran la porcelana——.
Entonces, ¿trabajas aquí medio tiempo?

——Este lugar es mío ——dijo Lincoln. Alejó su
teléfono, metiéndolo en su bolsillo nuevamente——.
¿Dijiste que tu nombre era Ashley?

——Sí, así es. ——Tomé otro trago de mi café para
mantenerme ocupada.

Era más fácil mentir cuando no tenía que enfrentar
al hombre que me había sacado del frío y me había
dado refugio.

——¿Te apartaste de alguien? ——Preguntó Lincoln.
Él se sirvió una taza de café negro——. No puedo
entender por qué estarías fuera pasando frío y sin un
auto.

——Vivo justo al final del camino.

Lincoln sonrió.

——Claro. Probablemente vienes aquí todo el
tiempo. Tengo una memoria terrible. Un efecto
secundario de haber servido en la guerra.

Tomé otro sorbo, mi estómago estaba gruñendo de
hambre.

——¿Cómo te gustan los huevos? ——Preguntó
Lincoln.

——¿Perdón? ——¿Había escuchado como mi molesto estómago gruñía también?

——Te prepararé algo de comer y aunque usualmente ofrezco panqueques, apuesto a que necesitas la proteína extra. Parece como si hubieras caminado por kilómetros. ¿Me equivoco?

¿Era demasiado obvio que me encontraba en problemas? Cubrí mi cara con mi mano.

——Solo me perdí por un momento en el camino desde casa.

Otra mentira. Se deslizaban tan fácilmente.

——Claro. ¿Cómo prefieres los huevos? Haré los míos revueltos.

Mi boca se hizo agua al pensar en la comida. Ni siquiera se había preparado pero mis sentidos podían imaginar el sabor.

——Eso suena delicioso.

——Ya vuelvo ——dijo Lincoln, dirigiéndose hacia la cocina.

Me di vuelta en mi asiento y mantuve un ojo sobre la puerta. Quería estar atenta y preparada en caso de que los hombres que nos habían sacado de la carretera y disparado al SUV regresaran a buscarme.

No los había visto desde que había escapado del vehículo y saltado de éste antes de que cayera por el barranco. ¿Asumieron que había muerto? ¿Mason pensaba que estaba muerta?

A pesar de lo mucho que lo acosé en línea, no había sido capaz de averiguar si era soltero o si se había casado. No había mucha información sobre él aparte del hecho evidente que había servido en las fuerzas especiales del ejército y ahora era copropietario de *Eagle Tactical*. Era como si solo quisiera que la gente supiera eso de él y nada más.

Bebí el último trago de mi café, desesperada por otra taza. Me deslicé del banquillo y fui alrededor del mostrador. Lincoln estaba ocupado en la cocina. Con suerte, no le importaría que me colara para servirme una segunda taza.

El timbre de la puerta sonó cuando alguien la abrió y se dirigió adentro.

Me agaché detrás del mostrador y mantuve mi boca cerrada.

——¿Hola? ——Un fuerte acento ruso resonó a través del restaurante. Su voz se hacía más fuerte y hacía eco con cada paso pesado que daba.

¡Maldición! Un segundo grupo de pasos, distintos del hombre que habló, se acercó al mostrador.

——¿Puede alguien servirnos? ——dijo otro ruso.

Él dio un golpe sobre el mostrador y levantó la taza que me había servido recientemente.

SIETE

MASON

Me detuve en el aparcamiento después de escuchar de Lincoln que una extraña se había presentado en el restaurante.

Tenía que ser Hazel. ¿Quién más andaría a pie por los alrededores y en medio de la noche? Su mensaje había sido breve pero lo suficientemente detallado como para indicarme que la chica estaba en problemas. Necesitaba ponerlo al tanto de la situación, pero eso podía esperar. Me estacioné junto a un SUV que me era desconocido y salí de mi camioneta.

La SUV estaba cubierta de impactos de bala. Tomé mi arma y me apresuré hasta la parte trasera del restaurante, entrando por la puerta que había sido dejada abierta para las entregas.

El sol aún no había salido, pero los camiones de reparto llegaban usualmente antes de que el restaurante se abriera a los clientes.

Me moví hacia adentro, pistola en mano, a través de la cocina y me encontré con Lincoln.

——¿Dónde está ella?

——¿Puede alguien servirnos? ——Un acento fuerte proveniente de Rusia hizo eco desde el otro lado de la puerta.

——Ahí afuera ——dijo Lincoln. Fue hasta debajo de la encimera de la cocina y tomó su arma extra——. Solo la dejé sola por cinco minutos para preparar el desayuno, juro que...

Levanté una mano para silenciarlo. Ellos seguro no la habían visto todavía, de otra manera, ya la habrían tomado y se hubieran ido del lugar.

Tomé una bandeja y la usé para esconder mi pistola. Lincoln me siguió directamente detrás, así ellos no verían su pistola también.

——¿En que puedo servirles, caballeros? —— Pregunté, saliendo de la cocina.

Traté de ignorar el cabello castaño rojizo que se escondía en el recodo del mostrador, fuera de vista. Ella temblaba desde el piso, su cuerpo doblado como si fuera un maní, como en esos simulacros que hacíamos en la escuela primaria.

——La cocina aún no abre. Podemos servir cafés para llevar.

Los hombres intercambiaron miradas obstinadas.

——¿Qué clase de restaurante no está abierto para el desayuno?

——De la clase que no sirve... desayuno ——dijo Lincoln con dientes apretados.

Sus manos se apretaron en sus costados a medida que se acercaba a mi lado para bloquear de la vista la entrada a la cocina y la parte trasera del mostrador donde Hazel se ocultaba.

¿Había visto a los hombres llegar? ¿Cómo supo que debía esconderse?

——¿Saben dónde podemos encontrar alojamiento? ——Preguntó el hombre de pelo fino y negro. Sus músculos sobresalía de su camiseta.

¿Porqué diablos no estaba usando un abrigo? ¿Qué clase de idiota va por ahí en invierno sin una chaqueta?

——No hay ninguno disponible en este lado de la montaña ——dije.

No quería que ninguno de ellos se quedara en el pueblo.

——Claro. ——Ellos intercambiaron una mirada rápida y concisa antes de levantar sus armas.

Nos apuntaron y los disparos comenzaron a volar.

Me agaché cerca del mostrador y me arrastré detrás de éste junto con Hazel. Sus ojos se encontraron con los míos.

Lo hice un gesto para que siguiera agachada.

Lincoln disparó unas cuantas veces. Yo me levanté desde detrás del mostrador e hice lo mismo, disparándoles varias veces en el pecho para luego darles un último disparo fatal en sus cabezas.

——Mierda ——murmuró Lincoln, moviéndose hasta ellos para patear las armas fuera de su alcance.

Les tomó el pulso, un hábito de nunca ser demasiado cuidadoso, sólo para asegurarse de que estaban tan muertos como parecían.

——¿Crees que el seguro cubra los daños?

Me reí entre dientes. ¿Era eso su mayor preocupación?

Ayudé a Hazel a ponerse de pie. Ella temblaba en mis brazos y tenía los ojos muy abiertos, llenos de terror.

——Está bien. Estás a salvo ahora ——dije——. Ellos ya no pueden lastimarte.

——No me preocupan ellos ——susurró Hazel——. Es a Franco a quien le tengo miedo.

——Sácala de aquí ——dijo Lincoln——. Llévala hasta *Eagle Tactical*. Limpiaré este desastre y llamaré al sheriff.

——Él querrá tomar nuestras declaraciones——. Aunque quería proteger a Hazel, no iba a romper la ley por ella tampoco.

Habíamos matado a dos hombres en defensa propia, pero ella era un testigo y la razón por la cual los hombres habían estado en el restaurante. No podíamos dejarla fuera de la historia.

Además, el sheriff y yo teníamos una buena relación. Consultábamos a la policía local de vez en cuando y los ayudábamos cuando lo necesitaban.

Sería sabio dejarles saber para qué habían venido. Existía la posibilidad de que esto no estuviera cerca de terminar.

——Si, lo sé. ——Lincoln nos corrió del restaurante ——. Le diré que pase por tu oficina. Solo sácala de aquí y mantenla fuera de peligro.

Di un vistazo fuera de la ventana para asegurarme de que no había otros vehículos o más hombres merodeando afuera antes de abrir la puerta y acompañarla hasta mi camioneta.

——Gracias por salvarme la vida ——dijo Hazel.

Traté de no quedarme viéndola, pero era duro, maldición. No la había visto en más de una década.

Sonreí como un maldito idiota y le abrí la puerta de la camioneta. ——Entra.

Dios, era bueno verla de nuevo. Aunque hubiera preferido que fuera bajo otras circunstancias.

Le ofrecí ayuda mientras ella luchaba por subirse a la camioneta. Una vez dentro, cerré la puerta y me apresuré hasta el asiento del conductor.

Me subí, salí del aparcamiento y mantuve mi atención en el camino. Me aseguré que nadie nos seguía.

——¿Cómo has estado? Bueno, a excepción de todo esto, me refiero ——dije.

Era una pregunta tonta. ¿Desde cuándo era un idiota torpe con las damas?

Hazel había capturado mi interés y mi corazón en secundaria. Fuimos juntos a un internado en Chicago. Mis padres vivían en Montana y me metí en muchos problemas ahí, así que me enviaron a vivir con mi abuela en Chicago.

Eso no duró mucho. Dos semanas con ella y me dieron la opción de ir a la escuela militar o a un internado.

Hazel suspiró largo y pesadamente. Su mirada nunca me dejaba.

——¿Tengo algo en la cara? ——Pregunté. Froté mi frente.

——No, es solo que no te había visto en mucho tiempo. Quiero abrazarte y luego golpearte por romper mi corazón. ——dijo Hazel.

¿Qué? ¿Cuándo le rompí el corazón? Traté de reflexionar sobre ello, pero una limusina negra que se dirigía hacia el norte de la carretera, llamó mi atención. Por instinto, alcancé y guíe su cabeza hacia abajo para que cuando el vehículo nos pasara, no vieran su cara.

——¿Más rusos? ——La voz de Hazel era temblorosa.

Ellos no lucían como los matones de más temprano, pero aún así era extraño ver a alguien que no fuera de aquí a esa hora. Esperé hasta que el vehículo nos pasó de largo para responderle.

——No creo que ellos estuvieran con los hombres del restaurante.

Había visitantes que se quedaban en el complejo turístico y venían hasta el restaurante o hacían excursiones en los senderos locales, pero eso no ocurría hasta que era de día.

Algo no estaba bien, pero no quería preocuparla.

El sol estaba a punto de asomarse por el horizonte. Pisé el acelerador.

Era más fácil moverse en la oscuridad.

La luz del día haría que Hazel destacase con ese cabello cobrizo intenso. Tenía que enviar a Ariella a la tienda para que comprase tinte de cabello y otras cosas.

Una cosa a la vez. Lo primero, era asegurarme de que ella sobreviviera.

Me estacioné en frente de *Eagle Tactical* y la llevé rápidamente hasta adentro, activando la cerradura de seguridad en el momento que entramos.

——Ven conmigo.

La guié a través del pasillo, hasta mi oficina. No la quería cerca de la entrada principal, y aunque había una puerta trasera, ésta no era fácilmente accesible con la nieve y el hielo que cubría el camino hacia ella. Nadie nunca había quitado la nieve de ese camino.

Ella me siguió hasta mi oficina, sus pasos suaves e imperceptibles sobre las baldosas mientras que mis zancadas eran largas y enérgicas, lo que anunciaba mi presencia.

Aiden y Declan se asomaron desde sus respectivas oficinas.

——Buenos días ——dijeron al unísono.

——Esta es Hazel. Hazel, estos son Aiden y Declan ——dije, presentándolos.

——Me alegro que hayas llegado a tiempo al restaurante ——dijo Declan——. Lincoln nos envió un mensaje para decirnos que el tiroteo había acabado, sino habríamos corrido a ayudarlos.

——Lo teníamos bajo control. ——No fuimos superados en números o armas. He pasado por cosas peores, innumerables veces——. Llevaré a Hazel a mi oficina y hablaré con ella en privado por unos minutos. El sheriff vendrá en unos momentos a tomar nuestras declaraciones. Déjalo entrar, ¿está bien? Mantengan la puerta cerrada también. Debemos ser muy cuidadosos.

No esperé a que respondiera. Casi les cerré la puerta en la cara. Ellos ya sabían que debían dar un paso atrás; yo estaba a cargo dado que este era mi caso.

Hazel era una prioridad, *mi* prioridad.

——Toma asiento ——dije, ofreciéndole el sofá de la esquina. Me acerqué hasta el armario y hurgue entre algunas baratijas, encontrando una que tendría que servir.

——¿Qué buscas? ——Preguntó ella.

Le mostré el brazalete dorado, deslizándolo por su mano, hasta que colgaba de su muñeca.

——Me gusta más la plata ——dijo Hazel.

——Déjatelo puesto hasta que todo se haya resuelto con Franco, ¿esta bien? ——No contábamos con muchos dispositivos de rastreo en la parte de arriba.

El sótano albergaba nuestro equipo de vigilancia, artefactos especiales y servidores de alto nivel con una jaula de Faraday [1] que mantenía lejos a los hackers mientras que éramos capaces de infiltrarnos inclusive en la seguridad más resistente. También teníamos armas guardadas, pero acordamos al principio que solo aquellos que trabajaban para *Eagle Tactical*, serían los únicos que sabrían del sótano o de lo que se hacía allí.

No estaba listo para dejar a Hazel sola, incluso para ir hasta abajo y buscar un dispositivo de rastreo diferente. Bastaría con el brazalete y le quedaba bien.

Ella observó fijamente al brazalete en su muñeca. Una sonrisa leve se asomó en la esquina de sus labios.

——Si hubiera sabido que me darías una joya, te habría visitado mucho antes.

Le di vuelta a la silla de escritorio y me deslicé sobre el cuero, enfrentándola.

——Es un dispositivo de rastreo. Estarás a salvo mientras lo uses.

——¿No es un poco obvio? ——Ella extendió su brazo hacia mí, el brazalete balanceándose de su muñeca ——. No es muy discreto que digamos.

Teníamos rastreadores de alta tecnología que eran muy discretos, pero el hecho era que no la iba a dejar fuera de mi vista. Era una formalidad, en caso de que algo sucediera.

——No tiene por qué serlo. No dejaré que Franco se te acerque. ——Me senté en frente de ella, poniendo las manos sobre mi regazo——. Quiero saber todo sobre ese bastardo. Cuéntamelo todo.

Sus dedos jugaban con el brazalete a medida que hablaba.

——No se mucho sobre él. Mi hermano, el nuevo jefe de la mafia rusa, me vendió a su segundo al mando.

——¿Te vendió? ——Mis puños se apretaron y me levanté de la silla, asqueado con cualquier hombre que pensara que una mujer era de su propiedad. No podía quedarme quieto; mis piernas no me lo permitían. Me pasee a lo largo de la oficina, haciendo un agujero en el piso prácticamente——. Continúa.

Necesitaba más detalles. Quería saberlo *todo*, por mucho que me enfermara escucharlo.

——Nikolai pensó que ya era hora de que me casara y arregló la compra con Franco Ivanov.

Me detuve cuando reconocí la mirada tímida y titubeante que cruzó su cara.

Me incliné hacia ella para sujetar su mano y toqué sus bucles rojos brillantes con mi otra mano, guiando su mirada hasta la mía.

——No dejaré que nada te suceda. Te lo prometo, Hazel, estás a salvo conmigo.

——Nunca más estaré a salvo ——dijo en tono áspero ——. Franco no parará de perseguirme.

Sus manos temblaban y ella se apartó para secar las lágrimas saladas que relucían de las esquinas de sus ojos.

——Quiero decir que tal vez lo hará, pero si ese es el caso, es solo porque me quiere muerta. Mataron a dos agentes del Cuerpo de Alguaciles, Mason. Hombres como él no se detienen. Ellos nunca dejarán de buscarme. No me sorprendería si Franco les ordena a sus hombres que me devuelvan viva o muerta.

No dejaría que eso le ocurriera a Hazel. Ella significaba mucho para mí, además era mi trabajo proteger a aquellos que no podían protegerse a sí mismos.

——Primero, tendrás que hablar con el sheriff. Una vez que termines, te trasladaremos y tendrás un guardaespaldas contigo a cada momento del día.

——Pensé que me quedaría aquí ——Hazel dio una palmadita en el sofá——. Puedo dormir aquí. No es gran cosa realmente.

¿Estaba bromeando? Aunque teníamos una seguridad decente en *Eagle Tactical*, era el primer lugar donde Franco la buscaría.

No podíamos hospedarla con uno de los miembros de *Eagle Tactical* porque no era parte del protocolo y ella indirectamente me había contratado cuando pidió mi ayuda.

Además, no podría vigilar 24/7. Lo mejor para su propio bien era que todo el equipo le ayudará.

Jaxson abrió la puerta, ajeno a lo que estaba ocurriendo. Él no estaba informado al respecto y eso era mi culpa.

Su ceño se frunció, señalando a Hazel.

——Tenemos un nuevo cliente ——dijo Jaxson——. Él llamó esta mañana y contrató nuestros servicios para encontrar a su esposa desaparecida. Lo siento. No nos hemos presentado. Soy Jaxson Monroe.

——Ashley Sinclair ——dijo Hazel con forzando una sonrisa mientras le daba la mano.

. . .

1 Jaula de Faraday: un contenedor recubierto por materiales conductores de electricidad (como planchas o mallas metálicas) que funciona como un blindaje contra los efectos de un campo eléctrico proveniente del exterior (N. del T.).

OCHO

JAXSON

——Un gusto en conocerla, señorita Sinclair ——dije y di un paso más cerca para ofrecerle mi mano.

Solo le eché un vistazo, y sin lugar a dudas, la reconocí de la foto en mi teléfono como Hazel Agron.

¿Qué hacía Mason con ella?

——¿Puedo hablar contigo a solas? ——Le pregunté a Mason.

——Claro. Solo tardaré un minuto ——le dijo a la mujer sentada en el sofá de su oficina.

Salí hasta el pasillo y le hice un gesto para que viniera a mi oficina.

Tiré la puerta más fuerte de lo que pretendía, cerrándola de golpe.

——¿Te preocupa algo? ——Preguntó Mason. Estábamos solos.

——Esa chica que crees estar protegiendo, no es quien dice ser.

¿Por qué Hazel estaba en su oficina y mentía sobre su identidad? ¿Estaba Mason al tanto de que había sido engañado?

Quería ser razonable. Todavía estaba verificando los antecedentes tanto de Nikolai como de Hazel. La información arrojó que ambos estaban completamente limpios. Nada más que una simple multa de tráfico.

Los ojos de Mason brillaron y las esquinas de sus labios se curvaron hacia arriba.

——Sé eso, pero ¿cómo tú lo sabes? ——Preguntó.

Me desplomé sobre mi silla de escritorio afelpada y la moví para enfrentarme a Mason.

——Toma asiento. ——Hice un gesto hacia el asiento vacío en mi oficina.

Él exhaló pesadamente a través de su nariz y se sentó.

——¿Qué sucede, Jaxson?

——Recibí una llamada temprano esta mañana de un nuevo cliente pidiendo nuestra ayuda para localizar a su esposa desaparecida.

——¿Esposa desaparecida? Dime que no lo aceptaste como cliente. ——Mason se inclinó sobre sus rodillas y puso su cabeza en sus manos——. ¿Te perdiste de lo que le sucedió a tu novia ayer por la mañana?

Mi mandíbula se apretó y mis manos se convirtieron en puños a mis costados.

——Ella no es mi novia y no, estaba ocupado verificando antecedentes de nuevo para el complejo turístico *Blue Sky*. Estoy sorprendido de que nos contrataran de nuevo luego de lo que sucedió la última vez con Ariella.

Él se inclinó hacia delante y puso los codos sobre sus rodillas, él pasó una mano a través de su cabello cortado al ras.

——Dime por favor que no aceptamos a la mafia rusa como cliente ——dijo Mason.

¿De qué diablos estaba hablando?

——¿Ella está con la mafia rusa?

Había hecho investigaciones preliminares y todo había salido impecable.

Mi especialidad era el trabajo de campo. No era un hacker. No sabía cómo acceder a lo que no era fácilmente accesible. Declan era el tipo que se encargaba de eso, y Ariella, tenía un presentimiento de que ella podría estar a la altura de él, con su entrenamiento pasado en la C.I.A. No debí haber rechazado la oferta de Ariella esta mañana. Había sido un tonto autoindulgente.

——Ella no está con la mafia rusa porque quiere —— dijo Mason y se aclaró la garganta——. El hermano de Hazel es el jefe de la mafia en Chicago. Supongo que ya sabes que ese es su nombre real.

No manteníamos secretos el uno con el otro.

——¿Por qué no me dijiste que aceptaste su pedido de ayuda?

No me gustaba la posición en que esto ponía al equipo; no era aconsejable aceptar a ambos clientes.

No éramos mediadores y estábamos hablando de la mafia aquí, no de un divorcio desastroso.

——Aiden y Declan ya están al tanto ——dijo Mason. Extendió sus manos con las palmas hacia arriba——. Lincoln también.

——¿Lincoln? ——Me levanté, la silla chirriando cuando se deslizó detrás de mí——. ¿Por qué soy el último en saber?

——Porque tienes tu cabeza bien metida en tu trasero, Monroe. Te encierras en tu oficina para evitar a la chica ardiente que está ahí afuera ——dijo Mason, apuntando hacia la puerta——. Si pasaras cinco minutos fuera de tu narcisismo, habrías visto lo que está justo frente a tu nariz.

Era bueno que Mason no era mi empleado, sino mi socio, de otra manera ya habría despedido su trasero y lo habría echado del lugar.

——Te estas pasando de la raya, Reid. ——Si él iba a llamarme por mi apellido, dos podían jugar a ese juego.

Llamaron a la puerta con un golpe suave.

——¿Qué? ——Grité y abrí la puerta.

Ariella estaba del otro lado, sus ojos amplios mientras su mirada iba de mí hacia Mason.

——No le disparen al mensajero ——dijo ella——, pero el sheriff está aquí para tomar tu declaración, Mason.

——¿Tu declaración? ¿Qué diablos, Mason? ——¿Qué tanto me había perdido?

Mason se levantó y pasó junto a mi sin decir una palabra. Dejó que el sheriff Nelson entrara en su oficina y cerró la puerta tras él.

——¿Qué diablos está sucediendo? ——Pregunté.

Declan y Aiden habían desaparecido por el pasillo y Ariella se escabulló hasta la silla de su escritorio, tratando de lucir pequeña e invisible.

——¿Ariella? ——Quería que alguien me dijera que diablos me había perdido. Ella parecía saber sobre Hazel. ¿Qué más sabía?

——¿Sí? ——Su voz chilló cuando su mirada se encontró con la mía.

——Ven a mi oficina, ahora mismo. ——Me metí en mi oficina, sin darme la vuelta.

Podía oír sus pasos ligeros contra el piso.

Ella dejó la puerta de la oficina abierta, esperando probablemente que Declan o Aiden le salvara el trasero.

——¿Qué puedo hacer por ti? ——Preguntó Ariella. Se quedó de pie con sus brazos apretados en sus costados. Sus hombros se desplomaron.

——Toma asiento.

——¿Me estas despidiendo?

——¿Qué? ——Me reí entre dientes por lo absurda que era su pregunta—— ¿Tengo un motivo para despedirte?

¿Ella había hecho algo de lo que no estaba consciente todavía?

Ella no se movió de su posición de pie sobre el piso, a tan solo unos metros de mí. Su cuerpo era prácticamente una estatua, excepto por el ligero temblor.

——Creo que no ——tartamudeó.

——Bien. ——Apreté el puente de mi nariz. Cinco segundos y ella ya me estaba dando un dolor de cabeza. Tal vez la culpaba de algo que no era su culpa. Ella no sabía el desastre en el que había metido a *Eagle Tactical* al aceptar a Franco como cliente. Mierda. Franco. Él pensaba en venir a la oficina alrededor del mediodía——. Necesito tu ayuda.

Ella asintió, pero no dijo nada.

——Tan pronto como el sheriff termine con su entrevista, necesito que lleves a Hazel hasta el complejo turístico.

——¿El complejo turístico *Blue Sky*? ——Preguntó Ariella. El miedo pasó por su cara. Lucía como si se fuera a enfermar.

——Puedes hacer eso, ¿no es así? Necesito que rentes una habitación. Nadie pensará sobre ello ya que nadie sabe que trabajas para nosotros. ——Era una solución temporal y fácil. Necesitaba que Hazel saliera de la oficina y que fuera a un lugar seguro.

——Yo... si, puedo hacer eso. ——Mordió su labio con los dientes.

Imaginaba que no era fácil para ella pisar el complejo donde había sido despedida y en donde había sido atacada. El trabajo en sí mismo no era fácil.

——No creo que Mason vaya a querer dejarla —— dijo Ariella——. Ellos tienen algún tipo de conexión pasada, tienen historia.

——¿En serio? ——Ella sabía más de Hazel que yo ——. ¿Qué más sabes?

Ella pareció relajarse bajo mi escrutinio. Ariella dio un paso hacia adelante y se sentó en la silla que

Mason había ocupado tan solo unos minutos atrás.

——Hazel pidió su ayuda ——dijo Ariella——. Quizás debería empezar desde el principio.

——Eso sería bueno. ——Me posé sobre el borde del escritorio de madera y escuché su recuento de los hechos, como había recibido un mensaje en su portátil y que Mason había a contactado a un miembro del Cuerpo de Alguaciles de los Estados Unidos, alguien que se llamaba Colton, para que ayudase a rescatarla.

Conocía a Colton. Servimos en el ejército juntos.

——Quédate aquí ——dije y me dirigí por el corredor hasta la oficina de Aiden, donde se encontraba la caja fuerte en la pared, oculta en el clóset.

Aiden y Declan se quedaron callados al instante que entré en su oficina.

——Ignórame ——dije y fui directo hasta la caja fuerte.

——¿Podemos ayudarte en algo? ——Preguntó Declan.

——Si. Necesito conseguir una tarjeta de crédito para que Ariella consiga una habitación y se registre pronto en el complejo ——dije.

Abrí la caja fuerte y di un vistazo entre las cosas que teníamos disponible.

——¿Y no crees que quien sea que este en la recepción notará que ella está usando un nombre falso? ——Declan sonrió——. ¿Estás tratando de tenderle una trampa para que la arresten?

Mierda.

——No. ——El hotel necesitaría de una tarjeta de crédito en caso de algún imprevisto cuando se registrara——. Haré la reserva por internet y haré que ella se registre usando su propia tarjeta.

Aiden negó con la cabeza.

——Te estás volviendo descuidado.

Era la falta de sueño. No trabajaba bien después de estar despierto toda la noche.

——No dormí bien anoche.

Declan y Aiden intercambiaron una mirada.

——¿Qué? ——Les gruñí a ambos.

——Tu frustración sexual nos está matando a todos. Vete a casa, por favor. Toma una ducha, duerme, frota la lampara ——dijo Declan.

Sofoqué la risa, avergonzado.

No podía creer lo que me estaban sugiriendo. Mi mirada se dirigió hasta la puerta abierta y se quedó en Ariella, que había salido al pasillo.

Mátenme.

Haría de cuenta que ella no oyó lo que Declan dijo porque deseaba que no lo hubiera hecho.

Sus pasos se hicieron más fuertes a medida que se acercaba a tocar la puerta abierta.

——¿No te dije que te quedaras en mi oficina? —— Levanté mis brazos al aire——. ¿Por qué aquí nadie me escucha? ——Pasé a Ariella para salir de la oficina de Declan.

Ariella no se movió.

——¿Vienes? ——Grité por encima del hombro.

——¿Tengo que hacerlo? ——La escuché mascullar entre dientes. Mi teléfono sonó desde mi bolsillo. Gruñí y alcé un dedo para decirle que esperara por un momento mientras revisaba quien estaba llamando. Era Skylar.

Era como si ella supiera el momento exacto en el que estaba ocupado para llamarme y molestarme.

¿Qué ocurría ahora? No podía lidiar con ella. Rechacé su llamada y respiré larga y profundamente para calmarme. Me di vuelta para gritarle a Ariella que se apresurara, pero descubrí que ella ya me había seguido detrás en silencio y prácticamente invisible. Me detuve abruptamente cuando me volteé para enfrentarla y ella casi se estampa contra mi pecho. Sus reflejos eran rápidos y se detuvo a sí misma antes de que chocáramos. Casi deseaba que se hubiera estrellado contra mí. Me habría dado una excusa para tocarla.

——Pagaré tu habitación por adelantado por internet. Si alguien pregunta, incluyendo Emma, dile que te estas quedando en el complejo hasta que el seguro resuelva lo de tu casa ——dije.

Ella necesitaba estar preparada para las preguntas, especialmente al regresar al complejo turístico *Blue Sky*.

——Lo tengo bajo control. No te preocupes ——dijo ella, dándome una sonrisa tranquilizadora. Se acercó y posó su mano sobre mi brazo——. ¿Estás bien? —— Su voz era dulce y suave, como la miel.

Quería tirarla hacia mí, tocarla, saborearla y dejar que la agonía que llenaba mi corazón desapareciera.

——Solo estoy cansado ——dije. Su toque era suave pero firme al mismo tiempo. Me alejé. No podíamos hacer nada al respecto o ser algo el uno para el otro.

Ella arrastró los pies. Era lo poco que la había visto moverse en toda la mañana.

——No escuché a Izzie anoche. ¿Te mantuvo despierto? Debí de haber estado dormida cuando eso sucedió.

——No fue Izzie.

No di más explicaciones.

¿Cómo podría?

El aroma de su esencia sobre mi almohada me mantuvo despierto toda la noche.

Ella pensaría que estaba loco si le decía la verdad. Tal vez me estaba volviendo loco poco a poco y necesitaba mi próxima dosis de *ella*.

Nunca había deseado a alguien tanto como ahora, un dolor profundo que me destrozaba cada segundo en que no podía tocarla o estar con ella.

Compartimos una sola noche.

Había sido maravillosa, pero tenía que sacarla de mi cabeza. El cansancio se arrastró sobre mí y me hizo sentir desesperado.

NUEVE

ARIELLA

¿Por qué Jaxson no había podido dormir? Si no fue Izzie, ¿Qué lo había mantenido despierto toda la noche?

Yo dormí estupendamente. La habitación de huéspedes no había sido tan acogedora como la primera noche en la que me enrosqué en sus sábanas y él me abrazó, pero ninguno de nosotros hablaba sobre ello. Él había estado ahí para cuidarme, eso era todo.

——Prometo que pronto saldré de tu casa ——dije.

——Bien ——dijo él en tono hosco. Se frotó la mandíbula, incapaz de mirarme a los ojos.

——¿Hice algo que te enojó? Porque si recuerdo correctamente, yo soy la que debería estar enojada contigo, no al revés.

Eso le llamó la atención. Su mirada se deslizó hacia mis ojos y luego hacia mis labios.

¿Alguien había encendido la calefacción? La habitación de repente parecía más cálida que hace unos minutos.

Jaxson no me respondió. El no dijo una palabra. No necesitaba hacerlo. Su ceño se frunció y sus ojos lucían cansados.

——No debí haber dicho nada ——masculló en voz baja. Probablemente habían hecho las cosas peores entre nosotros.

——No ——dijo él con voz ronca. Me tomó del brazo para acercarme a él, invadiendo mi espacio personal.

Luché por no encontrarme con su mirada grave que me analizaba.

¿En qué estaba pensando? Mi respiración se había vuelto suave y superficial.

Su cercanía era todo lo que necesitaba para agudizar mis sentidos.

Un simple toque suyo enviaba chispas de calor a través de mi cuerpo, calentándome y creando una necesidad dolorosa que había tratado de suprimir.

——Quiero que me hables, Pecas.

Oírle usar el apodo que me había dado fue mi perdición.

No podía pararme frente de él y pretender que todo estaría bien. No lo estaba.

Mi corazón dolía más de lo que podía describir. Él se había marchado en plena madrugada después de nuestra primera noche de intimidad juntos.

No hubo una nota o una discusión sobre el tema después.

——¿Solo fui una mas que querías llevar a la cama? ——No tenía la intención de que la pregunta saliera tan brusca.

Jaxson dio un paso hacia atrás como si lo hubiera abofeteado. Sus ojos se ampliaron y pasó una mano por su cabeza.

——Ven conmigo ——ordenó.

——¿Siempre eres tan gruñón? ——dije en un tono afilado, irritada de que cada vez que pasaba tiempo con él, se convertía en una persona distinta. ¿Así se portaba en el trabajo? ¿Cómo los chicos lo soportaban?

Él arqueó una ceja, sin parecer ni un poco divertido por mi pregunta.

——No soy el gruñón aquí ——replicó.

Él tomó mi mano, me metió en su oficina y cerró la puerta abruptamente detrás de mí, soltando mi mano.

Traté de no saltar cuando me sobresaltó, pero no era muy buena en esconder mis emociones o reacciones, aparentemente.

——¿Qué estás haciendo? ——No me sentía amenazada o en peligro, pero Jaxson no había sido él mismo, o al menos lo que conocía de él.

——Necesitamos hablar. ——Él me hizo un gesto para que me acercara, mientras él se apoyaba en el borde de su escritorio.

Me quedé parada, con los brazos cruzados, mirándolo fijamente. No me iba a sentar.

——Lo que sea que tengas que decir, dilo ya.

Estaba harta de sus estupideces. Jaxson había sido cálido, protector y amable cuando llegué a conocerlo, pero ahora parecía que no podía hacer nada bien cuando estaba en su presencia. Solo llevaba trabajando unos días y tal vez necesitaba darnos tiempo para resolver las cosas.

Él suspiró con pesades y cruzó sus brazos contra su pecho, imitando mi postura.

——Creo que sería lo mejor si te quedaras junto a Hazel en el complejo. Me aseguraré de reservarles una habitación con dos camas grandes.

——¿Perdón? ——No retrocedí, retándolo——. Tú me trajiste hasta aquí y me ordenaste que cerrara la puerta para decirme ¿qué? ¿qué me vaya de tu casa?

¿No era lo suficientemente hombre como para decírmelo delante de sus amigos?

——No. Eso no es... ——gimió cuando su teléfono sonó.

El nombre de Skylar apareció en la pantalla.

——Maldición. ——Rechazó la llamada.

Parecía que no sólo me estaba evitando a mí.

¿Sus cambios de humor tenían que ver con que Skylar iba a venir?

——Deberías atender la llamada; podría ser importante ——dije.

——No lo es ——dijo Jaxson.

Lo miré detenidamente, sorprendida de que no hubiera aprovechado la llamada para excusarse y acabar la incomodidad entre nosotros.

——Crees que soy un imbécil por no contestarle a Skylar.

Eso no era lo que pasó por mi mente. No. Eres un imbécil por no despedirte, mandarme un mensaje de texto o dejar una nota después de que estuvimos juntos. Eres un jefe malhumorado e idiota en la oficina y últimamente también en la casa. Si me hubiera dado cuenta de cuanto mi presencia te irrita, no habría aceptado el trabajo. No esperé por su respuesta. Salí rápidamente de su oficina, justo a tiempo para ver al sheriff salir por la puerta principal.

——Hola, Hazel, me llamo Ariella ——dije, ofreciéndole mi mano para presentarme——. Voy a llevarte a un lugar seguro.

Hazel miró de mí a Mason. Él le ofreció una sonrisa cálida y asintió con la cabeza.

——Estaré justo detrás de ti en mi camioneta. Solo debemos asegurarnos de que nadie sepa que estamos juntos.

No había estado en el complejo *Blue Sky* desde el ataque.

Todavía necesitaba recoger mi paga por el tiempo en el que había trabajado ahí, pero no había querido pisar ese lugar de nuevo.

Me estacioné en el aparcamiento.

El lugar se cernía sobre nosotros.

Mason estaba a sólo unos metros detrás de nosotras. Él no tenía la intención de detenerse en la entrada principal. Él entraría por la puerta trasera y tomaría el ascensor hasta nuestro piso.

Hazel no llevaba nada con ella. Sin maletas. Sin ropa. Ella usaba una sudadera de Mason y un par de pantalones deportivos holgados, con la capucha sobre su cabeza.

Ella mantenía su cabeza baja, sus manos metidas en los bolsillos y trataba de pasar desapercibida. Podía hacer esto. Era una tarea sencilla. Todo lo que tenía que hacer era registrarme en la recepción del hotel, obtener la tarjeta de acceso y llevar a Hazel hasta la habitación, la cual sería nuestra habitación. No le había dado la noticia de que nos convertiríamos en compañeras de habitación por un tiempo indefinido.

——¿Está todo bien? ¿Te sientes mal? ——Preguntó Hazel.

Emma se encontraba detrás del mostrador de la recepción. Éramos amigas y aunque estaba feliz de verla, no habíamos hablado desde antes que me despidieran. Ella no sabía sobre el ataque y el secuestro.

¿Sabía por qué fui despedida, que tenía otro nombre o que solía trabajar para la C.I.A.?

——Ariella ——dijo Emma con una sonrisa cuidadosa en su rostro. Era la misma expresión alegre que le daba a todos los huéspedes del complejo.

Hazel miró de Emma hacia mí. Podía decir que tenía preguntas, pero afortunadamente no empezó a hacerlas.

——Tengo una reservación ——dije, sacando mi monedero de mi bolso.

——¿A nombre de quién? ——Preguntó Emma. La sonrisa alegre que llevaba desapareció.

Ella sabía...

——Ariella Cole. ——Era mi nombre legal y de soltera. Lo había cambiado después del divorcio. Solía ser conocida como Ariella Ryan, la esposa de Benjamin Ryan. Él había sido condenado por varios delitos, entre ellos, malversación de fondos, lavado de dinero y la lista seguía. Y ahora ella lo sabía.

Emma se encontraba detrás de la recepción. Sus dedos escribían en el teclado mientras miraba a la pantalla.

¿Podía ver la reservación? ¿O solo se estaba tomando su tiempo para ponerme nerviosa? Pensé que éramos amigas, pero su trato frío era mi respuesta.

——¿Tiene una tarjeta de crédito, señora Cole? —— Preguntó Emma——. Necesitaré de una con el nombre de Ariella Cole.

Le entregué mi tarjeta de crédito.

——Por supuesto. ¿Necesitas ver mi identificación expendida por el gobierno también? ——Le mostré rápidamente mi licencia de conducir y estaba lista para sacarla detrás de la película transparente de mi monedero si quería verla.

Ella escribió en el teclado.

——No hace falta. ——Otro minuto pasó y ella sacó dos llaves, escaneándolas mientras nos asignaba la habitación de hotel——. Tendrán una habitación con dos camas matrimoniales en el tercer piso. ¿Puedo ayudarle en algo más?

Ella nos entregó las llaves y anotó nuestro número de habitación.

——Estoy segura de que puede encontrar el camino hasta el ascensor.

——Gracias ——me obligué a decir, le arrebaté las llaves y me alejé de la recepción con Hazel caminando a mi lado.

——Vaya. ¿Acaso le robaste el novio? ——Bromeó Hazel.

Presioné el botón de arriba del ascensor.

——Algo así. ——Ni siquiera había considerado que ella podría estar enojada por Jaxson.

Hazel no necesitaba conocer mi pasado. Mi trabajo era cuidarla y llevarla hasta la habitación de hotel.

Mason se uniría pronto. Nos subimos en el ascensor, solo nosotras dos. Presioné el botón hasta el tercer piso y pulsé repetidamente el botón de "cerrar las puertas" mientras un hombre se apresuraba hasta el ascensor.

No quería quedar atrapada con él, en caso de que estuviera tras Hazel.

Las puertas se cerraron de golpe y el ascensor subió hasta el tercer piso. Di un suspiro de alivio. Probablemente hacía una montaña de un grano de arena. Él quizás solo era otro huésped del hotel. Hazel permaneció en silencio y fui la primera en salir del ascensor cuando las puertas se abrieron. Mason ya se encontraba en el pasillo, frente a nuestra habitación.

Ellos habían trabajado a la velocidad de un rayo. Declan probablemente había hackeado el sistema del complejo turístico para darle nuestro número de habitación.

Abrí la puerta con la llave de la habitación y Mason entró primero, encendió la luz y revisó el baño y el clóset.

——¿De verdad crees que es seguro? ——Preguntó ella, dando un vistazo alrededor de la habitación con ojos atemorizados mientras seguía a Mason hasta adentro.

Cerré la puerta detrás de mí y la aseguré usando el cerrojo de seguridad.

——Si. Mantén las cortinas cerradas. Alguien te acompañará a todas horas ——Mason se sentó en la silla en la esquina de la habitación que daba hacia la puerta, de espalda a la pared.

——Me quedaré esta noche ——abruptamente solté ——. Jaxson me pidió que me fuera de su casa.

Estaba prácticamente sin hogar, no tenía nada ya que mi casa no tenía seguro y el fuego había destruido la propiedad.

——Vaya ——dijo Mason. Pasó una mano por su cabello corto al ras——. Si sabes por qué él ha sido un imbécil últimamente, ¿no?

No respondí a su pregunta. No estaba segura. Asumí que tenía que ver conmigo y que se arrepentía de que *Eagle Tactical* me hubiera contratado.

——Jaxson está frustrado sexualmente. He notado la manera en que te mira ——dijo Mason.

——¿Cómo si quisiera matarme? ——Reí.

——El hombre necesita acostarse con alguien. Se te queda mirando como si tú fueras el premio en el parque de diversiones.

Eso era absurdo.

——No puede ser eso. ——No quería creer que él me había tratado como basura y echado de su casa porque quería tener sexo conmigo——. ¡Oh por Dios! Soy una idiota. Jaxson probablemente está molesto porque no puede traer a otra mujer a la casa conmigo durmiendo en una habitación y su hermana en la otra.

——Estoy bastante seguro de que él no quiere a nadie más ——dijo Mason, básicamente deletreándolo para mí.

¿Podría ser cierto?

——No sé, Mason. No lo viste esta mañana en la oficina o cuando estamos en su casa. Él apenas puede verme.

——Tendría el mismo problema si estuviera viviendo con la mujer que amo y no puedo tener ——dijo Mason.

Su mirada se movió de mí y se detuvo en Hazel. Podía sentir la tensión sexual que se desarrollaba entre ellos con una simple mirada. Aclaré mi garganta y retrocedí hasta la puerta.

——Necesito dirigirme hasta la tienda y recoger un par de cosas para Hazel. Ella necesita ropa, artículos de aseo personal, ¿algo más? ——Pregunté.

——Consigue tinte para el cabello y tijeras ——dijo Mason——. No podemos arriesgarnos a que Franco o sus amigos la reconozcan fácilmente. Ariella, quiero que sepas que eres bienvenida a quedarte y usar la cama extra. Uno de nosotros estará aquí para vigilar a Hazel y protegerla, pero no tienes que regresar con Jaxson si no te sientes cómoda.

——Gracias.

No estaba segura de lo que iba a hacer, pero tener la opción de quedarme en el hotel hizo que me relajase más de lo que pensé que necesitaba. Tenía que recoger mi ropa y las pocas pertenencias que había adquirido después de mudarme con Jaxson.

——¿Necesitas algo más? ——Le pregunté a Hazel.

——Chocolate y tal vez una caja de condones. —— Ella sonrió, echándole un vistazo a Mason.

Mason gimió.

——Mujer, harás mi trabajo muy difícil, lo sé ahora.

——No has visto nada todavía. ——Hazel le guiñó a Mason.

Tomé eso como mi pista para irme.

DIEZ

Hazel

——Ella parece agradable ——dije tan pronto como la puerta de la habitación se cerró.

Mason cerró con llave antes de volver a su asiento.

——¿Ariella? Si, no hemos trabajado juntos por tanto tiempo ——dijo Mason. Él no dio más explicaciones.

Bien. Así que hablar de Ariella no era la mejor manera de iniciar una conversación.

Apagué la televisión. No nos habíamos visto en años. No quería ver televisión o pretender que lo que estábamos haciendo era normal.

Quería ponerme al día con Mason, descubrir cada defecto y ver que tanto había cambiado desde la secundaria cuando éramos prácticamente niños e inseparables.

——Te he extrañado ——dije para luego levantarme de la cama. Me quité los zapatos y caminé a través de la habitación hasta llegar a Mason.

——Me cuesta creerlo dado que nunca llamaste. ——Su voz era ronca, su expresión dura. Había mucho que él no conocía y no sabía como decírselo.

——Tú tampoco llamaste ——dije.

Ambos teníamos la culpa de que nuestros caminos se separaran.

Él se había unido al ejército y yo se suponía que iría a la universidad en California. Había prometido escribirle y él tenía todo el derecho a estar enojado. Había roto esa promesa.

——Te preguntaría cómo has estado, pero puedo ver que esa no es una historia con un final feliz ——dijo Mason.

——Podría serlo ——dije. Me elevé por encima de él y me senté a horcajadas sobre su regazo, de cara a él.

Quería regresar en el tiempo y que él me llevara con él, lejos de Chicago. Era muy tarde para cambiar el pasado, pero quería olvidar el tiempo que habíamos estado separados.

——Dime que no tienes una novia o estás casado.
——Alcancé su mano izquierda, trayendo sus dedos hasta mi cara.

Mis labios se cerraron sobre su dedo anular, agradecida de que parecía estar soltero.

——Hazel ——su tono me advertía que me detuviera.

No escuché. Nunca lo hacía.

Moví mis caderas, tentándolo, prácticamente dándole un baile erótico. Puse mis dedos en su cabello y me incliné hacia él, presionando mis senos contra su pecho.

Lo deseaba más de lo que he deseado a cualquier otro en mi vida. Lo había amado desde que teníamos catorce años. Él había sido el único que se me escapó.

——Prométeme que me protegerás.

Lo necesitaba como al aire que respiraba. Él no tenía idea de lo que había hecho para sobrevivir.

Su frente se posaba sobre la mía. Su palma cálida y fuerte estaba sobre mi espalda baja.

——Tienes mi palabra. No dejaré que nada te pase ——dijo Mason.

Enredé mis dedos en su cabello. Sus ojos se cerraron. Mi aliento acarició sus labios. Quería besarlo. Necesitaba sentirme viva tanto como ansiaba tener esa conexión con él.

Él era mi oportunidad de liberarme de Franco y la posibilidad de tener una vida normal, una donde nadie me forzara a casarme con un hombre que no conocía y me llevaría a otro continente.

——Te deseo, Mason. ——Mis labios se estrellaron duro contra los suyos, sin esperar que él me detuviera o me dijera como ésta era una mala idea.

No me importaba que apenas habíamos hablado o reconectado. Ahora mismo, en ese momento exacto, necesitaba sentirme a salvo. Mason era mi red de seguridad. Él me atraparía cuando cayera.

Su boca se abrió amablemente, respondiendo al beso y su mano apretándome más duro contra su cuerpo. Manos cálidas y fuertes se deslizaron por debajo de mi sudadera. Su toque suave rozó mi piel desnuda.

Di una sacudida cuando él acarició mi espalda, la necesidad opacando todo lo demás.

——¿Estás segura de que esto es lo que quieres? —— Preguntó Mason entre besos apasionados.

——Si ——dije, mirándolo profundamente a los ojos.

Él me cargó en sus brazos y me llevó a la cama, acostándome sobre ella. Se subió al colchón y se puso a horcajadas, cerniéndose sobre mi cuerpo. Me apresuré a quitarle la camisa, sacándola por encima de su cabeza.

Mason se inclinó hacia mí y susurró en mi oído.

——¿Te das cuenta de que me podrían despedir por hacer esto con un cliente?

Mirándolo fijamente, envolví mis piernas a su alrededor para acercarlo más. Necesitaba sentir su peso sobre mí, protegiéndome y haciéndome sentir completa; la necesidad opacaba todo lo demás. No tenía otra respuesta más que lo deseaba.

¿Era eso suficiente? Mis dedos manipularon torpemente el botón de sus jeans y mis manos temblaron mientras luchaba por desabrocharlo.

——¿Hazel? ——Sus dedos sostuvieron los míos. Él se sentó a horcajadas sobre mí antes de sujetar mis brazos a los lados.

——Yo solo... te necesito Mason. ——Sonaba desesperada. Él probablemente llamaría a uno de sus amigos para que tomara su lugar y nunca querría verme de nuevo.

——Tal vez deberíamos tomarlo lentamente. ——Él se apartó y se bajó de mi cuerpo.

Solté un gemido antes de darme cuenta que lo hice en voz alta. Él me había hecho eso, me hizo sentir cosas que pensaba eran imposibles de sentir.

No quería tomarlo lentamente o detenerme. Respirando fuertemente y jadeando por aire, me quedé mirando al techo.

Mason se bajó de la cama, arreglando sus jeans que yo había logrado desabrochar, pero no bajarle la cremallera. Él tomó su camisa de la cama y se la volvió a poner.

Mason se aclaró la garganta.

——Ariella regresará pronto y no podemos ser atrapados en una situación comprometedora.

¿Era eso lo que le preocupaba? ¿Qué seríamos atrapados por sus colegas? Me senté y corrí hacia el baño, dando un portazo detrás de mí. Me deslicé sobre la puerta, mi espalda contra la madera fría, hasta sentarme en el piso con las rodillas contra mi pecho.

El arrepentimiento cubrió mi corazón. Había sido tonta al pensar que lo podríamos retomar donde lo habíamos dejado.

El tiempo parecía pasar lentamente como si goteara de un reloj de arena, un grano de arena a la vez.

Sin mi teléfono conmigo o un reloj cerca, no sabía cuanto tiempo permanecí en el piso.

Un golpe firme vibró a través de la puerta de madera.

——¿Estás bien? ——Preguntó Mason.

——Estoy bien. ——Lo estaría después de que todo esto acabara y Franco me dejara en paz. No sabía como eso podría ser posible a menos que me pusieran en el programa de protección a testigos o que me dieran una nueva identidad. El tipo de arreglo que hacían para las víctimas inocentes en películas.

No era inocente.

Mis manos estaban tan llenas de sangre como las de Nikolai.

ONCE

MASON

Nunca había conocido a alguien más complicado en mi vida.

Hazel se había robado mi corazón y mi virginidad en la secundaria. Habíamos sido la primera vez del otro y prometimos amarnos para siempre.

Había sido una fantasía, una promesa vacía que ninguno cumplió después de graduarnos de la secundaria.

Me había unido al ejército. Hazel se había ido al otro lado del país para ir a la universidad en algún lugar de la costa oeste.

No estaba seguro de cuándo o por qué había regresado a Chicago. Es más, no sabía con absoluta seguridad si se había ido de Chicago como había pretendido.

Mentiría si dijera que nunca pensé en ella. Me encontré comparando a otras mujeres con ella constantemente. Ella había sido la única que se había escapado; la mujer que amé y dejé ir.

No la había perseguido. Tal vez debí hacerlo. Asumí que nos distanciaríamos con el tiempo. Éramos dos personas diferentes a cuando nos habíamos conocido en el internado.

Ella tenía esa mirada depredadora en sus ojos cuando Ariella nos había dejado solos.

No había pensado sobre ello al principio. Asumí que vería la televisión y yo me aseguraría de que Franco no averiguara donde ella se encontraba. No había querido parar, con su pequeño cuerpo firme apretado contra mis caderas. Pude haber pasado horas memorizando cada curva y probando cada centímetro de su piel. Quería descubrirla de nuevo, ver si era igual a como la recordaba.

No podíamos dejar que el deseo interfiriera y pusiera en riesgo su vida. Necesitaba estar alerta, vigilando la habitación o por si sucedía algo sospechoso cerca. Era difícil hacer eso cuando mis labios estaban en los suyos.

Sus labios suaves aún hacían que mi cuerpo se estremeciera.

Necesitaba una ducha fría, pero eso tendría que esperar.

En su lugar, había recibido la ley del hielo. Ella se había encerrado en el baño por casi una hora.

Ariella regresaría de la tienda en cualquier minuto.

¿Acaso Hazel estaba esperando a que Ariella regresara así ella no tendría que estar a solas conmigo y enfrentarme luego de lo que sucedió?

Me acerqué a la puerta del baño, mi mano posándose sobre la madera. Toqué a la puerta suavemente.

——¿Estás bien? ——Pregunté.

No esperaba que ella tuviera un problema con Franco o que me necesitara para algo que ella no pudiera manejar por si sola en el baño. Solo era una manera de iniciar una conversación y de sacarla de su escondite.

——Estoy bien.

Cualquier mujer que una vez me dijo que "estaba bien" en realidad no lo estaba. Había aprendido en varias ocasiones que "estoy bien" era un código para "vete al diablo y déjame sola" o "todo es tu culpa".

No estaba seguro de como esto era mi culpa, solo que fui yo quien nos detuvo de ir más alla. A pesar de que ambos éramos adultos, también no creía que fuera sabio que Ariella entrara y nos encontrara todo calientes y sudorosos entre las sábanas. No era del tipo que contaba sus asuntos privados y mucho menos del tipo que dejaba que la nueva chica en la oficina fuera testigo de nuestras ansias. Alcé mi mano para tocar de nuevo, pero eso parecía ser contraproducente. Si ella quería salir del baño, podía unirse a mí.

Dejé caer mi mano a mi costado y saqué mi teléfono, dándole un breve vistazo a los mensajes antes de ponerlo sobre la mesa. No había recibido nada importante u oportuno.

Me dejé caer sobre mi asiento de nuevo con mi atención fija en la puerta mientras esperaba a que Ariella regresara. Sin duda, Hazel saldría del baño cuando Ariella regresara, ¿verdad?

———

Veinte minutos después, Ariella había regresado con varias bolsas de compras llenas de ropa y artículos de aseo personal para Hazel.

Hazel no me miró mientras las dos mujeres se sentaban en la cama para revisar el contenido de las bolsas.

Me senté en la esquina de la habitación, observándolas a ambas. Era casi como si no existiera.

Ariella me dio un vistazo y me sonrió antes de regresar su atención a Hazel.

Bueno, al menos no era invisible.

——¿Quieres que corte tu cabello y luego lo tiña? ——Preguntó Ariella.

Hazel parecía consternada; sus ojos se ampliaron y su piel se veía pálida.

——Sabía que tendría que hacer esto. Es solo que aún no estoy lista.

——Prometo que tu cabello quedará muy bien y nadie te reconocerá. Podemos cortar unos cuantos centímetros y al teñirte de rubia, nadie pensará dos veces que eres tú ——dijo Ariella.

——Eso espero.

——Ven conmigo. ——Ariella llevó las tijeras al baño.

Hazel se quedó de pie por un largo rato con su atención puesta en el piso. Ella ni siquiera me miraba.

Cuando todo esto acabara y Hazel estuviera a salvo, ambos necesitaríamos tener una larga charla.

——¿Vienes? ——Preguntó Ariella.

Hazel deambuló hasta el baño y cerró la puerta abruptamente. Podía escucharlas hablar y luego encendieron el ventilador del baño, probablemente para ahogar cualquier discusión sobre mí.

¿Ariella había notado el cambio de humor en Hazel? Traté de que no se notara que las cosas habían cambiado en la hora que ella no estuvo.

La alarma de incendios emitió un chillido que perforaba el oído; la luz blanca destelló en la habitación de hotel. Saqué mi arma, preparado para lo que sea que ocurriera después.

Acercándome sigilosamente al baño y la salida de la habitación, toqué firmemente a la puerta del baño.

——Lo escuchamos ——dijo Ariella. Abrió la puerta del baño. No parecía haber empezado a cortarle el cabello a Hazel. O al menos, no noté nada diferente.

——Sube tu capucha de nuevo ——ordené. Con mi arma fuera, tomé la manilla de la puerta y salí cuidadosamente hasta el pasillo.

El pasillo estaba lleno de humo.

——Manténganse cerca. ——Lideré el camino con Ariella detrás y Hazel metida entre nosotros.

Mis ojos ardían por el humo y aguanté la respiración.

Un ataque de tos brotó detrás de mí. No podía voltear a ver si era Hazel o Ariella luchando por respirar.

——No se detengan. Casi llegamos a la salida. —— Había estudiado la salida desde nuestra habitación de hotel. Teníamos que pasar tres puertas antes de alcanzar la puerta hacia las escaleras.

Mis ojos dolían y lagrimeaban a través del humo cegador. Llegué hasta la puerta, la abrí y estaba aliviado de ver que no había humo en el hueco de las escaleras.

——¡Vamos! ——Les grité a Ariella y Hazel. Ellas estaban justo detrás de mí, ambas apresurándose a bajar las escaleras conmigo.

Los focos en las escaleras emitían un brillo halógeno tenue. Las bombillas titilaban, arrojando la suficiente luz para iluminar el camino.

Aseguré mi arma, sin querer alarmar a ninguno de los huéspedes mientras salían desde cada piso, las escaleras llenándose cada vez más de gente mientras mantenía a Hazel detrás de Ariella y de mí, apretada contra su espalda.

Mis botas resonaron contra los escalones y a medida que me acercaba al primer piso y seguía a la oleada de huéspedes fuera de las escaleras, mis instintos se hicieron cargo.

Hombres usando máscaras de esquí negras y portando armas semiautomáticas mantenían a rehenes en el vestíbulo del hotel.

——¡Apaga esa maldita alarma! ——Gritó el hombre más cercano a mí. Él agitaba el arma sin apuntar a nadie en particular, amenazando a todo el mundo a excepción de sus secuaces que habían tomado posesión de todo el hotel.

——¡Al suelo! ——Nos gritó otro hombre enmascarado y apuntó con su arma a los huéspedes que bajaban de las escaleras——. ¡Al suelo, ahora!

Les hice un gesto a Hazel y a Ariella para que se tumben al suelo.

——Nada de señales secretas. ——El hombre enmascarado estrelló el cañón del arma contra mi cabeza, noqueándome y tirándome al piso.

Empecé a sangrar por la frente. La herida dolía, pero no más que mi orgullo.

Inclinándose sobre mí, empezó a registrarme en busca de armas y me apuntaba con su semiautomática en la cabeza. Él guardó mi arma en sus pantalones negros.

——Eres de *Eagle Tactical*, ¿no? Tú vienes con nosotros.

DOCE

ARIELLA

El humo había sido una trampa para sacar a todo el mundo de sus habitaciones y para que bajaran las escaleras.

¿Quiénes eran los hombres armados y por qué habían atacado a Mason y se lo habían llevado con ellos?

——Estaré bien ——dijo él, dándonos un vistazo por encima de su hombro.

La sangre carmesí goteó sobre el piso de linóleo, manchando el pasillo.

Mason fue sacado del vestíbulo.

No pude ver hacia donde lo llevaron. Sus manos estaban alzadas sobre su cabeza, una señal de rendición. Su arma había sido confiscada.

¿Tenía un arma extra?

Los ojos de Hazel brillaron.

Estábamos tiradas sobre el piso con nuestras manos en la cabeza. Voltee mi cabeza, enfrentando a Hazel para tratar de comunicarle que todo estaría bien.

Había ocho hombres enmascarados, los había contado cuando nos forzaron a tirarnos al piso. Nos registraron a todos mientras yacíamos en el piso, robando teléfonos celulares, llaves y cualquier cosa que podría ser usada como arma o para pedir ayuda.

La alarma de incendios se acalló.

Alguien había activado la alarma de incendios.

El departamento de bomberos se veía obligado a responder al llamado y le daría aviso a la policía cuando se dieran cuenta de lo que estaba ocurriendo.

Cadenas de metal gruesas aseguraban las puertas desde adentro. No podíamos salir a menos que alguien nos acompañara hasta afuera.

Mi respiración se trabó y una ola de náuseas me recorrió el cuerpo. Necesitaba controlar mis emociones y calmar el miedo que bombeaba a través de mis venas.

Cerré los ojos y conté hasta diez. Practiqué mis ejercicios de respiración para calmar los latidos de mi corazón, lo cual ayudaría a calmar mis nervios también. Imaginé un vacío negro con una sola ola. Con cada respiración, seguía la ola e inhalaba lentamente, la sostenía y luego exhalaba a la misma velocidad.

El temblor en mi mano era mínimo, pero el ejercicio evitó que todo mi cuerpo temblara.

——¡Todos contra la pared! ——Nos ordenó el hombre enmascarado——. ¡Lentamente! Nada de movimientos repentinos o les dispararemos.

Él apuntó el arma hacia el techo y lanzó una ronda de disparos, infundiendo miedo para recordarnos que ellos estaban a cargo y que mejor hiciéramos lo que nos ordenaban.

Hazel y yo nos sentamos y retrocedimos contra la pared.

¿A dónde se habían llevado a Mason? llos claramente lo conocían. Lo que significaba que tendría que ser alguien local, ¿no es así? ¿Habían sabido que Mason se estaba quedando en el hotel? Él no se había registrado en el complejo, así que alguien tendría que haberlo visto a él o a su vehículo afuera. A menos que esto no tuviera nada que ver con Mason y ellos sólo querían sacarlo de la ecuación.

No era un secreto que él fue miembro de las fuerzas especiales del ejército y que daría su vida para proteger la vida de cualquiera.

¿Qué oportunidad teníamos de salir vivos de ésta sin él?

De los ocho hombres que había notado más temprano, ahora solo había seis. ¿A dónde se habían ido los otros dos? Uno había sacado a Mason de la habitación. ¿Había contado mal?

Hazel alcanzó mi mano. Le di un apretón para tranquilizarla y hacerle saber que estaríamos bien. Su agarre se apretó contra mi palma. Le di un vistazo, muerta de miedo, sus ojos apuntaron al otro lado de la habitación a dos hombres de traje sobre el piso que eran rehenes como nosotras.

——Ellos ——susurró para que solo yo pudiera oírla.

——¿Los conoces? ——Pregunté.

——Ese es Franco ——susurró Hazel. Ella bajó la cabeza, dejando que su capucha cayera sobre sus ojos.

¿La habían reconocido? No quería que fuera evidente que los había visto.

De manera casual, di un vistazo alrededor de la habitación a todo el mundo, tomando nota mental del número de rehenes, cuántos de ellos eran niños, si alguno estaba herido y luego dejé que mi mirada estudiara a los hombres que querían a Hazel.

Hablaban entre ellos y sus espaldas estaban contra la pared. Lucían como dos matones gigantes de cabello oscuro y con un montón de músculos bajo sus trajes negros.

Estaban muy lejos como para que yo escuchara lo que se decían el uno al otro. Tal vez eso era algo bueno si no habían notado a Hazel acurrucada a mi lado.

Era su última oportunidad de estar protegida.

No tenía un arma conmigo y había hombres enmascarados armados que vigilaban cada uno de nuestros movimientos.

¿Cómo saldríamos de ésta con vida?

TRECE

MASON

Todo estaba oscuro a mi alrededor.

El hombre que me había arrastrado fuera del hotel y metido en la parte trasera de una furgoneta, cubrió mi cabeza con una capucha y ató mis manos detrás de mi espalda con bridas de plástico.

Él no dijo nada.

¿Le preocupaba que reconocería su voz si hablaba de nuevo?

Él sabía para quién trabajaba, lo que significaba que me conocía.

La puerta se cerró de golpe. Escuché y esperé a que otra puerta se cerrara. No sucedió. El motor no se puso en marcha tampoco.

Un clic se escuchó a través del aparcamiento. ¿Era una puerta cerrándose? ¿El criminal había vuelto al complejo?

Me habían dejado solo en la furgoneta blanca sin identificar estacionada cerca de la salida del complejo. Necesitaba quitarme las ataduras de mis muñecas y luego lidiaría con los bastardos que habían tomado posesión del complejo turístico *Blue Sky*. ¿Qué buscaban? ¿Dinero? Era probable que no hubiera mucho efectivo en el hotel, ya que para reservar una habitación éstos requerían una tarjeta de crédito, pero existía la posibilidad de que algunos huéspedes pagaran con efectivo a la hora de rentar equipo para esquí y *snowboarding*[1]. Había visto a ocho hombres usando máscaras, todos vestidos con ropa oscura y pantalones negros, con zapatos negros a juego. No querían que nadie los reconociera, pero ellos me conocían. Lo que significaba que yo los conocía a ellos. Quien quiera que fueran, eran novatos.

Me incliné hacia adelante y usé mi cuerpo para dejar tanto espacio como fuera posible. Me había entrenado para esto y aunque pude hacer el movimiento en el hotel, los hombres me superaban en número y armas. Tiré de mis brazos, rompiendo las bridas de plástico.

Me quité la capucha de mi cabeza y la arrojé en el suelo antes de abrir la puerta de la camioneta y salir. Eso era demasiado fácil.

Las sirenas sonaron en la distancia, acercándose.

Un camión de bomberos y una patrulla de policía se estacionaron en el aparcamiento.

Una ambulancia los seguía desde la distancia.

El sheriff se detuvo en frente del edificio y salió, sus luces seguían encendidas pero las sirenas estaban en silencio.

——No esperaba verte dos veces en un mismo día, Reid. ¿Puedes decirme que está sucediendo? La alarma de incendios se activó, pero no hay nadie afuera.

Incluso él reconoció la enorme señal de peligro.

——Hay una situación de rehenes, ocho delincuentes con semiautomáticas. Están atrincherados en el vestíbulo del hotel con los rehenes.

Traté de alcanzar mi teléfono en mi bolsillo, solo para descubrir que no estaba ahí. Lo había dejado sobre la mesa en la habitación.

Mierda.

Necesitaba contactar al equipo.

——¿Te dijeron que querían? ¿Exigieron algo? ——
Preguntó el sheriff Nelson.

——Nada. Ellos sabían que trabajo en *Eagle Tactical*.
Uno de ellos me noqueó con su pistola, robó mi
arma y arrastró mi trasero hacia afuera. Me arrojó a
la parte trasera de una furgoneta. Por suerte, solo
tenía bridas de plástico y no esposas. ——Las esposas
hubieran sido más difíciles de romper.

——Son del área. ¿Reconociste alguna de sus voces?
——Preguntó el sheriff Nelson.

——No. ——Deseé poder ser de más ayuda.

——¿Tienes a alguno de los tuyos adentro?

——Dos, pero no son mis compañeros. Son la nueva
chica que contratamos y una cliente. Ninguna de
ellas tiene entrenamiento de las fuerzas especiales
como mis compañeros.

Quería dejar en claro que ellas no estaban en
posición de detener lo que sucediera dentro. El
sheriff Nelson llamó a los refuerzos y luego contactó
a *Eagle Tactical* por su experiencia en estas
situaciones. Entrenamos para esto y mientras

nosotros no siempre éramos los que nos adentrábamos al peligro, siempre estábamos disponibles para consultas sobre la materia ya que, en conjunto, teníamos muchos años de experiencia.

Emma salió de la puerta lateral, llevando una caja de cigarrillos en la mano.

——¡Détente ahí mismo! ¡Manos arriba! ——Gritó el sheriff Nelson a través del altavoz conectado a su patrulla.

Ella dejó caer su encendedor y la caja de cigarrillos al suelo. Con los ojos bien abiertos, alzó sus manos y dio un paso hacia atrás lentamente, alcanzó la puerta y se metió rápidamente adentro del edificio.

La puerta se cerró de golpe tras ella.

——Llama a Declan ——dije——. Dile que averigüe todo lo que pueda sobre Emma Foster.

——Espera, ¿la conoces? ——Preguntó el sheriff Nelson——. ¿Es ella tu cliente? ¿La que está adentro con tu nueva empleada?

——No. Emma se mudó recientemente a Breckenridge. Investigamos sus antecedentes cuando fue contratada por el complejo turístico como parte de su práctica de contratación. No había nada turbio en su pasado.

¿Por qué había regresado a Breckenridge? Era obvio que estaba ayudando a los hombres que habían secuestrado el lugar. Y estaba el hecho de que ella había estado relacionándose con Los Marginados y viviendo con ellos, ¿Qué diablos buscaban? El sheriff Nelson me arrojó su teléfono. Llamé a Declan en la oficina y le transmití la información sobre Emma. Mientras colgaba, Jaxson y Aiden se estacionaron en el aparcamiento.

——Parece que el resto de tu equipo está aquí —— dijo el sheriff.

Aiden salió de la camioneta y me dio un vistazo rápido.

——¿Cómo está tu cabeza? ¿Necesitas que los paramédicos te revisen?

——Mi cabeza está bien. ——¿Desde cuando había tomado el rol de Jaxson como padre del equipo? Lo esperaba de Jaxson, especialmente dado que él era padre——. Mi ego es el que está un poco magullado, eso es todo.

El tener mi trasero siendo arrastrado en frente de todo el pueblo no ayudó a la imagen de *Eagle Tactical*. Debí haber peleado más fuerte y noqueado a ese tipo con el arma en su trasero.

——Estoy seguro de que te recuperarás. ¿Hazel y Ariella están adentro?

——Desafortunadamente. ¿Dónde está Jaxson? —— Pregunté.

——Él saldrá en un minuto. Él está hablando por teléfono con el hermano de nuestra cliente. Resulta que él está pidiendo información ya que no se ha podido comunicar con Franco.

Mi cabeza dio vueltas.

——¿Qué? ¿Él está tratando de contratarnos también? ——¿Cuáles eran las posibilidades? No era como si estuviéramos ubicados en Chicago y ambos habían buscado a una empresa de seguridad privada.

——No. Franco le había dado a Nikolai nuestra información de contacto en caso de que él no se contactara con él ——dijo Aiden——. ¿Alguna posibilidad de que estos hombres sean los mismos del restaurante esta mañana?

——Los dos hombres fallecidos eran Alexander Petrov y Miko Romanoff ——dije.

Jaxson cerró de un portazo la camioneta y se acercó a nosotros dando zancadas y furioso.

¿Su humor de mierda era debido a la llamada telefónica o al hecho de que había estado sexualmente frustrado en los últimos días por trabajar junto a Ariella? No podía sacar otra conclusión acerca de su actitud. Le di una mirada a Declan. Él también podía verlo, ¿No era así?

Declan dio un asentimiento leve y luego frotó su mandíbula, dándole un vistazo al complejo.

——¿Cuántos hombres armados viste? ——Preguntó Declan.

——Había ocho en el vestíbulo, armados con armas semiautomáticas y usando máscaras de esquí. No vi ningún chaleco antibalas, lo que es una buena noticia para nosotros ——dije.

Otro oficial trajo un mapa de las instalaciones y lo expandió sobre el capó de la patrulla de policía.

Señalé la salida por la que Emma había entrado y salido fácilmente.

——Este parece ser el único punto de acceso que no está bloqueado. ——Había notado las cadenas de metal en las puertas antes de que me golpearan con la pistola. Había tratado de absorber tantos detalles como fuera posible. Yo era los únicos ojos que el equipo tenía ahora mismo.

——El equipo SWAT está en camino. Me gustaría la ayuda de *Eagle Tactical* ——dijo el sheriff——, pero nosotros estamos a cargo de la operación.

——Por supuesto, ——dije——. No sería de otra manera. ——Sabíamos como era el procedimiento en estos casos. A menudo, había burocracia de por medio y ellos no podrían simplemente entregarnos las riendas para que nosotros tomáramos el mando.

——¿En dónde están Ariella y Hazel? ——Preguntó Jaxson.

Tragué el nudo en mi garganta. ¿No habían escuchado las noticias del sheriff?

——Ellas están dentro del complejo. ——Me encontré con su mirada helada, reacio a acobardarme.

Su mirada se endureció.

——Me doy cuenta de ello. ¿En dónde fue su última ubicación dentro del edificio?

Señalé en el mapa donde ellas habían estado. Seguro ya las habían trasladado a otro sitio.

——Aquí.

——¿Cuántos rehenes había dentro? ——Preguntó el sheriff.

No había sido capaz de contarlos rápidamente en su totalidad. Podía dar una cifra aproximada.

——Cincuenta rehenes, tal vez sesenta y cinco. —— No había habido mucha gente saliendo de las escaleras mientras me golpeaban la cabeza con el cañón de la pistola.

——Empezaremos con las negociaciones y veremos qué es lo que quieren ——dijo Jaxson.

——Hay algo que deberías saber, Jaxson ——Él miró del mapa del lugar hacia mí——. Creemos que Emma está involucrada con los secuestradores. Ella salió a fumar.

——No lo entiendo. ¿Por qué no se quedó adentro para fumar si está involucrada? ——Jaxson frunció el ceño y su mandíbula se apretó.

No tenía una respuesta o una explicación para él, o al menos, no todavía. Tal vez estaba equivocado. Tal vez ella escuchó la alarma de incendios y se había encerrado en el baño para luego salir a fumar. Excepto que, ¿por qué había huido hacia el interior del edificio a la primera señal de las autoridades?

Ella tenía que estar escondiendo algo...

Declan se cruzó de brazos.

——¿Salió para ver si alguien venía a intervenir? No conozco a Emma, pero esto no suena como lo que conozco de ella.

Resoplé bajo mi aliento.

——Ella estaba con Los Marginados justo la semana pasada.

——Eso no la hace culpable de un crimen ——dijo Declan——, solo que tiene un pésimo gusto en amigos.

——Si la hace cuando apuntó a Jaxson con un arma ——No le había contado el secreto de Jaxson a Ariella, pero ni siquiera había considerado mencionarlo al equipo. ¿Debí haber dicho algo antes? Pasé una mano por mi cabeza. Era muy tarde para dudar de esa decisión. No podía cometer otro error, no con tantas vidas en juego.

——Ariella no sabe que Emma está involucrada con Los Marginados ——dijo Jaxson——. Lo que significa que ellos podrían estar usándola para llegar a nosotros.

¿Irían tan lejos?

——¿Te llamó o trató de comunicarse contigo? ——Le pregunté a Jaxson. Ellos dos habían sido cercanos y aunque ahora mismo parecían estar enemistados, ella aún habría acudido a él si estaba en peligro, ¿no es así?

——No. Le mandé un mensaje de texto, pero no respondió. Declan intervino su teléfono y dijo que está apagado ——dijo Jaxson.

——Seguramente tomaron los teléfonos de todos ——dije——. Toma de rehenes 101.

——Gracias por eso. ——Jaxson negó con la cabeza y se apresuró hasta la camioneta.

——¿A dónde vas? ——Lo seguí mientras él abría la camioneta y tomaba nuestro equipo de tácticas.

Jaxson tomó un chaleco antibalas y se lo puso sobre la camisa.

——Me rehúso a sentarme sobre mi trasero y esperar a que el equipo SWAT nos diga como hacer nuestro trabajo, o peor, el sheriff de la ciudad. ¿Vienes conmigo?

1 El snowboarding un deporte extremo de invierno en el que se utiliza una tabla para deslizarse sobre una pendiente nevada (N. del T.).

CATORCE

ARIELLA

Alcé las rodillas hasta mi pecho y presioné mi espalda contra la pared.

Hazel se sentaba a mi derecha, apretada contra mi cuerpo ya que estábamos apretujadas en el vestíbulo.

La C.I.A. me había entrenado en cómo derribar a un asaltante en una toma de rehenes, pero no hubo una clase que involucra a ocho hombres armados contra una sola agente de tecnología.

Nunca había experimentado oportunidades de trabajo de campo emocionantes. Solía sentarme en habitaciones de hotel de países extranjeros para escuchar conversaciones con el equipo de vigilancia. Hasta ahí llegaba lo emocionante.

Esto iba más allá, y honestamente, podía vivir sin esa clase de emoción. No me gustaban las aventuras llenas de adrenalina y ésta hacía que mi corazón latiera fuertemente en mi pecho.

Tener disfunción autonómica apestaba en un día normal. Hoy, la enfermedad hacía estragos en mí. Tomó hasta la última gota de mi fuerza el hacer que mi cuerpo no temblara, a pesar de que la respuesta de huir o luchar se había activado.

Mis ejercicios de respiración no estaban funcionando. La técnica de biorretroalimentación[1] era una gran herramienta con el equipo adecuado. Ahora no era el momento idóneo para usarla ya que estaba sentada en el piso con hombres enmascarados amenazándonos con armas. Deseaba haber tenido un arma. Aunque, ¿qué bien haría? Probablemente no era capaz de detener a ocho hombres, tal vez a uno o dos en un buen día. Seis de ellos se quedaron con nosotros y los otros dos que habían desaparecido regresaron, pero Mason no estaba con ellos. ¿En dónde estaba él? ¿Seguía con vida? ¿Lo habían torturado? Traté de pensar en otras cosas: perritos, atardeceres de verano, hacer surfing en la playa, Jaxson. El último pensamiento me hizo esbozar una sonrisa tenue e hizo que mi estomago cayera.

No quería pensar en él.

El hombre del cual Hazel estaba atemorizada aclaró su garganta.

——¿Cuánto tiempo nos mantendrán aquí? Algunos de nosotros tenemos negocios que atender.

Él tenía un acento fuerte, definitivamente ruso. Había estudiado idiomas como parte de mi plan de estudios en la C.I.A.

El más bajo de los hombres enmascarados caminó furiosamente hasta el ruso y empujó el cañón de su pistola contra su pecho, posándola contra su corazón.

——¡Cállate! ——Le gritó el hombre enmascarado.

——¿O qué? ¿Me dispararás? ——El ruso resopló una risa, sin inmutarse por la amenaza. Sin embargo, no luchó con él físicamente——. No te tengo miedo. He matado a cucarachas más grandes que tú.

——Ese es Franco ——susurró Hazel en mi oído.

Ella lo había mencionado antes, pero no había sabido quién era quién hasta ese momento. Había dos hombres de cabello oscuro grasoso y usando trajes que estaban sentados en el piso contra la pared del otro lado.

Si el bastardo le disparaba a Franco, él nos estaría haciendo un favor sin saberlo.

——Puede que tú no le tengas miedo a la muerte, pero ¿qué si mato a tu amigo? ——El hombre enmascarado movió la pistola del pecho de Franco hasta la cabeza del otro hombre——. Me muero por apretar el gatillo.

——Adelante y hazlo ——dijo Franco. Su voz sonaba aburrida.

¿Era alguna forma de psicología inversa? No podía ver los ojos del hombre enmascarado desde donde estaba. Todos observábamos la situación. El ambiente se volvió tenso y se escucharon suaves susurros de miedo de parte de los rehenes.

——¡Ya basta! ——Un hombre más grande usando una máscara y portando un arma, empujó la pistola lejos de la cabeza del hombre.

Él tomó al hombre más bajo del brazo y lo arrastró hasta el pasillo.

——¡Cobarde! ——Gritó Franco.

Mis manos temblaban mientras exhalaba nerviosamente. Los hombres que nos secuestraron no eran asesinos. Al menos no todavía.

¿Por qué habían tomado rehenes en el complejo? ¿Qué esperaban conseguir de esto?

Uno de los hombres enmascarados trajo a una mujer con sus manos atadas detrás de su espalda hacia nosotros.

——¡Déjame ir! ——Su voz se escuchaba desde el pasillo.

¿Emma?

Su cabello largo y castaño cubría sus mejillas manchadas y ojos rojos. ¿Había estado llorando?

——¡Déjame en paz! ——Emma se escapó del agarre del hombre enmascarado y me miró.

Ella resopló y colapsó en el piso, desplomándose a mi lado.

——¿Te hicieron daño? ——Pregunté, mi voz era difícilmente un susurro.

El hombre enmascarado levantó su arma y apuntó a mi frente.

——¡Silencio! ——Rugió.

Temblando, bajé la mirada. No quería parecer una amenaza. Lo último que queríamos era llamar la atención de Franco y que él notara a Hazel a mi lado.

——Chica lista ——dijo él riéndose. Imaginé una sonrisa oscura y siniestra detrás de esos gélidos ojos azules.

Su voz hizo que un escalofrío recorriera mi cuerpo. Era duro y sofocante. Él resopló y bajó el arma, pero se agachó para tomar mi brazo.

——Tú, vienes conmigo. ——Él tiró de mí hasta ponerme de pie, su agarre fuerte y apretado, implacable.

——¡No! ——Me aparté de su agarre.

Estaba a salvo junto a los otros rehenes. No confiaba en el hombre enmascarado y en lo que podría obligarme a hacer con él.

——A mí no me dices que no ——dijo furioso y tiró de mi pelo con su puño enredándose entre las hebras cuando jaló mi cuello hacia atrás para enfrentarlo.

¿Todos nos estaban viendo? No podía mirar hacia otro lado, mi cuello estaba doblado específicamente para mirar a la cara del hombre y la máscara hacía imposible que yo lo reconociera.

Él me levantó sobre su hombro y, con la otra mano, tomó a Hazel del brazo. Ella al menos usaba una sudadera gruesa que la protegía de su agarre fuerte.

——¡Déjame ir! ——Peleé con todas mis fuerzas. Le di puñetazos en la espalda, golpeándolo. Era inútil. Él usaba un chaleco antibalas bajo su camisa negra, grueso y oculto, seguro era de Kevlar[2].

——¡Cállate o pondré una bala en la frente de ambas!

1 La biorretroalimentación es una técnica que mide las funciones corporales y le brinda información acerca de ellas con el fin de ayudarlo a entrenarse para controlarlas. También se le conoce como bioautorregulación (N. del T.).

2 El Kevlar es un material sintético lo suficientemente fuerte como para detener balas y cuchillos (N. del T.).

QUINCE

JAXSON

Mason tomó un par de tenazas y violentamos la entrada lateral al complejo. El quedarnos sentados a esperar a que el equipo SWAT hiciera las negociaciones no iba a funcionar.

Había recibido una llamada de parte de Nikolai Agron, la última persona con la cual quería lidiar hoy.

Si todo lo que había escuchado era cierto, entonces había aceptado a un cliente con el cual no me sentía cómodo trabajando. Había lidiado con hombres que eran un pedazo de mierda en el pasado, pero esto era diferente.

Usualmente era yo el que tenía las de ganar.

No me gustaba que Ariella y Hazel fueran rehenes y no podíamos encontrar a Franco. Lo que estaba sucediendo en el complejo turístico no era algo que la mafia haría. Si Franco hubiera sabido que Hazel había reservado una habitación, él sin lugar a dudas se la habría llevado o la habría matado, dependiendo de lo que él deseara.

No estaba seguro de cual opción había planeado. Aunque él la había querido como esposa, el hecho de que él había asesinado a los agentes del Cuerpo de Alguaciles, sin tomar en cuenta su seguridad, me hizo sospechar que él estaba preparado para matarla. ¿Era porque ella lo había traicionado?

Le hice un gesto a Mason para que me siguiera por el pasillo. Él me dio un leve asentimiento y me cubrió las espaldas. Nuestras armas estaban desenfundadas; nos abrazamos a la pared mientras nos acercábamos a la esquina. Las voces se volvían mas fuertes y prominentes desde la distancia. Eso significaba que estábamos cerca.

Pude ver como había cortado su cabello castaño claro al estilo "bob". Emma Foster, la madre biológica de mi hija, se encontraba de pie justo a la vuelta de la esquina que daba hacia otro corredor con una máquina expendedora.

Estaba vestida con pantalones de vestir y camisa de cuello azul del complejo. Golpeteaba el piso con su pie.

——No veo por qué no pude usar máscara y vestirme como ustedes chicos ——dijo Emma.

Justo al otro lado de la máquina expendedora, se encontraba uno de los hombres enmascarados. Su arma se asomó desde detrás de la máquina cuando dio un paso hacia adelante.

Estaba vestido todo de negro y tenía mi misma altura y constitución. Lo podría derribar fácilmente, pero no con Emma observando.

Emma estaba definitivamente involucrada.

¿Sabía ella lo que pasaría? ¿Qué tanto tuvo que ver en esto? ¿Ella fue la que planeó toda la situación de rehenes? Tenía un montón de preguntas, pero éstas no serían respondidas si me acercaba a ella. Así no era como ella operaba, no conmigo. Nosotros teníamos un pasado juntos, uno complicado. No éramos amigos, ni siquiera éramos amantes. Pasamos una sola noche juntos, técnicamente, un día muy largo y eso era todo.

El hombre enmascarado se inclinó hacia Emma y susurró algo en su oído antes de que ella se fuera por el pasillo. Esperé hasta que Emma estuvo fuera de vista y doblé la esquina antes de que el hombre enmascarado pudiera averiguar que alguien lo había estado observando. Me estrellé contra su cuerpo, desestabilizándolo.

Él dio un traspié hacia atrás, tropezando y dejando caer su arma al piso. Contuve mi aliento. ¿Emma había escuchado el alboroto? ¿Regresaría para encontrarnos peleando?

Mason mantuvo la guardia, cuidándome las espaldas.

Tomé el arma del piso y la apunté hacia el hombre enmascarado.

——Quítatela ——dije furiosamente con los dientes apretados. Solo había una manera de entrar y esa era vistiéndome como ellos.

——Vete al diablo ——dijo el hombre y estrelló su frente contra la mía.

Maldición, eso dolía. Me aguanté el dolor mientras él luchaba por robarme el arma en mis manos. No. No se la daría. Pisé su pie, le di un codazo en el estómago y un rodillazo en su entrepierna. La única manera de sobrevivir era si jugaba sucio. No estábamos en un ring de boxeo siguiendo determinadas reglas. Esto era vida o muerte.

——Bastardo ——me gruñó y arremetió contra mí, golpeando mi espalda contra la pared de ladrillos.

Jadeé por el impacto y Mason se acercó de prisa con el arma apuntando al hombre enmascarado en la frente.

Le quité la máscara y me sorprendí.

Jayden Scott. Él había estado con Los Marginados por mucho tiempo.

——¿Qué diablos? ——No podía creer en lo que se había metido. Habíamos servido juntos en las fuerzas especiales y éramos compañeros. Se sentía como si hubiera sido mucho tiempo atrás cuando le devolví la mirada a esos ojos gélidos.

¿Estaba involucrado gracias a Emma? Ellos parecían muy amigables junto a la máquina expendedora hace un rato. ¿Era esa la razón por la que él se había presentado?

Le entregué a Mason la semiautomática mientras se paraba junto a mí. No necesitaba que Jayden le clavara sus sucias garras de nuevo.

Jalé la camisa negra de Jayden con una mano y le puse la pistola contra su cabeza usando la otra.

——Dame una razón por la cual no debería usar todas las balas en ti ——dije apretando los dientes.

——No sabes nada ——dijo Jayden.

——¿Por qué estás aquí? ¿Qué es lo que quieren? —— La gente simplemente no se paraba a tomar rehenes por deporte y ciertamente no estos tipos que era parte de Los Marginados.

¿Qué buscaban? Empujé mi cara contra la suya, el seguro desactivado y mi dedo índice en el gatillo. Estaba listo para dispararle, al hombre cuya vida había salvado una década atrás.

Él resopló y se encogió de hombros. Jayden apenas sudaba con el cañón del arma contra su piel.

——No tienes lo que se necesita para dispararme, Monroe.

Odiaba lo bien que me conocía. La verdad era que no le dispararía a un hombre desarmado a menos que mi vida estuviera en peligro mortal. No lo estaba, al menos no ahora, pero las vidas de todos los demás si lo estaba.

No tenía otra opción. Tomé la culata de la pistola y la estrellé contra su cabeza, dejándolo inconsciente. Él se desplomó en el suelo.

——Ayúdame a quitarle la ropa ——dije.

Mason se quedó de pie, portando una de las armas mientras apuntaba la otra hacia la esquina, preparado por si ocurría algo en cualquier momento.

——Parece que lo tienes bajo control.

Suspirando le quité la ropa a Jayden hasta dejarlo en sus calzoncillos. No me sentía bien acerca de lo que estaba haciendo, pero ¿qué otra opción tenía?

Dos contra ocho y con docenas de rehenes presentes, no aseguraba nada bueno. Al menos solo eran siete ahora, excepto que Emma estaba involucrada. Necesitaba quitarla de la ecuación.

Abrí la puerta más cercana, un armario con suministros de limpieza y arrastré a Jayden hacia dentro. Cerré la puerta y con la ayuda de Mason, arrastramos la máquina expendedora hasta el frente para evitar que Jayden escapara. Solo en caso de que él despertara antes de que mi plan se concretara.

Me apresuré a ponerme la ropa de Jayden y me deslicé la última parte del conjunto, la máscara de esquí negra, y extendí la mano para tomar el arma que Mason había estado cuidando por mí.

——¿Estás seguro de esto? ——Preguntó Mason——. Eres padre. Quizás debería ser yo el que esté arriesgando su vida.

Él parecía estar dudando.

No podía permitirme dudar de cualquier decisión ahora o en el futuro.

——Yo me encargo.

Necesitaba proteger tanto a Ariella como a Hazel. Mi trabajo conllevaba que arriesgara mi vida. Era parte del puesto.

Había un manojo de bridas de plástico colgando de mi cinturón que Jayden había utilizado. Aunque no tenía en mente tomar rehenes, tampoco podía dejar que Emma descubriera que no era Jayden.

¿Ella reconocería mi voz o mis ojos a través de la máscara? Podríamos solo haber pasado una noche juntos, pero ella se presentó a mi puerta con Isabella y yo me presenté a la de ella para decirle que se fuera del pueblo hace poco más de un mes.

Le hice un gesto a Mason para que me siguiera por el pasillo. Emma se mantenía alejada de los rehenes. Ella se apoyaba contra la pared, con el teléfono en la mano y mirando el aparato, ajena a mi presencia.

Mason se quedó atrás, vigilando con su arma fuera solo en caso de que necesitara refuerzos.

Me acerqué sigilosamente sin que ella hiciera nada mas que dar un paso atrás.

Su atención estaba totalmente en el juego que jugaba en su teléfono, el cual consistía en una serie de burbujas de colores que no tenían sentido para mí.

La tomé de los brazos y los puse detrás de su espalda. Su teléfono cayó al piso.

Tiré de una brida de plástico y aseguré sus muñecas, atándolas juntas.

——Jayden ——la voz de Emma tenía un toqué de irritación——. Esto no es gracioso. Déjame ir.

No le respondí. No quería hablar todavía, preocupado de que ella podría darse cuenta de que mi voz no era la de él. Tenía que ser cuidadoso. Solo podría tener una oportunidad y no quería arruinarla antes de que encontrara a Ariella y Hazel. Tomó todas mis fuerzas para no voltearme y darle un vistazo a Mason. Estaba acostumbrado a dar señales mientras trabajábamos. Él cuidaba mis espaldas.

Tenía que confiar en que era lo mismo ahora, mientras no pudiera darme vuelta.

——Bien. Si lo que quieres es jugar a policías y ladrones, supongo que puedo seguir el juego. —— Emma sonaba casi aburrida.

La máscara se sentía caliente y sofocante. Respiraba pesadamente a través de mi nariz, haciendo todo lo posible por mantener mi boca cerrada. Era difícil. Quería decirle que se callara. Sacudirla y ordenarle que me dijera en qué diablos se había metido y por qué.

¿Qué persona en su sano juicio dejaría toda su vida atrás para vivir entre Los Marginados? Su refugio era un hoyo en el infierno, sin una comunidad o agua corriente y calefacción. Eran básicos, vivían de la tierra y dependían el uno del otro para sobrevivir.

Habría sido una buena idea si ellos no fueran hombres con pasados siniestros.

Todavía tenía que entender lo que ellos querían, porqué habían secuestrado al complejo turístico *Blue Sky*. No podía preguntarle directamente a Emma. Eso la dejaría saber que yo no era Jayden.

La tomé del codo y la acompañé con pasos pesados hacia la aglomeración ruidosa y conmocionada. En su mayoría, involucra lágrimas y susurros suplicantes, algunos rezos y otros hablando entre sí.

Los criminales no les ordenaban que se callaran. Muy bien, así que ellos no estaban preocupados acerca de ser derribados o que los rehenes trabajaran en conjunto para vencerlos.

Si los perpetradores eran todos parte de Los Marginados, entonces estos no eran los hombres más inteligentes. Algunos tenían entrenamiento militar, pero no todos. La mayoría de los que habían servido habían sido dados de alta de manera deshonrosa.

Estos no eran hombres honorables.

Guie a Emma por el pasillo y observé de persona en persona hasta que mi mirada aterrizó en Ariella.

Ella se mecía lentamente, sus rodillas presionadas fuertemente contra su pecho y sus brazos envolvían sus piernas. A su derecha había un rehén con una sudadera demasiado grande y la capucha cubriéndole el rostro.

Reconocería esa sudadera en cualquier parte, le pertenecía a Mason Reid. Debía de ser Hazel toda cubierta, lo cual era sabio.

Les di un vistazo breve a los rehenes. Algunos eran de la ciudad, los dueños del complejo turístico y varios huéspedes que no reconocía. Ellos tendrían que esperar. Hazel y Ariella eran mi prioridad. Me rehusaba a dejarla atrás.

——¡Déjame en paz! ——Emma se salió de mi agarre, dio un resoplido y cayó al suelo junto a Ariella. Ella sabía cómo jugar a la víctima. ¿Por cuánto tiempo había estado representando ese papel?

——¿Te hicieron daño? ——Preguntó Ariella, cayendo en su actuación.

Odiaba ver a Ariella muerta de miedo, temblando contra la pared, pero tenía que ser convincente si quería que todos creyeran que era uno de ellos.

No tenía otra opción. Levanté mi pistola y la posé contra su frente.

——¡Silencio! ——ordené furiosamente.

Un escalofrío recorrió su cuerpo. Cualquiera podía ver que le había infundido miedo. No. Tenía que separarlas. Solo estaba aquí para salvarla. Estos hombres la habían traumatizado.

——Chica lista ——dije y traté de lanzar mi risa más cruel.

Necesitaba ser convincente o pondría todas nuestras vidas en riesgo. Bajé mi arma y me agaché para tomarla del brazo.

——Tú vienes conmigo. ——Levanté a Ariella sobre sus pies.

——¡No!

Ella era una luchadora; le concedía eso.

——A mí no me dices que no ——le dije furiosamente. No tenía otra opción más que ordenarle que viniera, mostrar mi fuerza. Estos hombres no tomarían un no por respuesta tan fácilmente.

Tomé un puñado de su cabello y lo jalé con brusquedad para que me enfrentara.

La miré a los ojos, llenos de miedo. ¿Podía verme? ¿Reconocía mis ojos detrás de la máscara?

Quería decirle que podía confiar en mí, pero no podía hacerlo. Su miedo era lo que hacía esto creíble a los ojos de los demás.

No podía arriesgar que Ariella peleara conmigo. Necesitaba ordenarle a Hazel que viniera conmigo también. Era la única manera de salvarlas. Con suerte, Ariella lo entendería y me perdonaría cuando viera que era yo detrás de la máscara.

La tiré sobre mi hombro y tomé a Hazel del brazo, levantándola del piso.

——¡Déjame ir! ——Chilló Ariella.

Hazel era la única de las dos que no peleaba conmigo. Su cuerpo estaba sin fuerzas, pero mi agarre en su brazo aseguraba que no se deslizaría de mi apretón.

Regresé junto a ellas por el camino en el que habíamos venido, pasando a los rehenes, incluyendo a dos hombres a mi derecha que usaban trajes, sentados en el piso con sus piernas extendidas. Nuestros ojos se encontraron. *Franco Ivanov.*

Me llevé a las chicas rápidamente en medio de la gente.

——¿A dónde las llevas? ——Preguntó otra voz masculina. Él se encontraba a unos 6 metros de distancia, usando una máscara y armado.

——Bájame ——gruñó Ariella. Ella seguía golpeándome en la espalda, pero sus movimientos se sentían menos enérgicos. ¿Era un teatro o se había rendido?

——Quiero tener un poco de diversión sucia. Pensé que debía darles a ambas una lección por desobedecernos.

La bilis subió por mi garganta. Quería vomitar.

El hombre enmascarado rio y se dio vuelta, ni un poco interesado en mis planes. Las llevé a través del pasillo, me volteé y empujé a Hazel a los brazos de Mason. Mason sostuvo un dedo sobre sus labios, indicándole que debía permanecer en silencio. Él tomó a Hazel de la mano y se la llevó rápidamente por el pasillo, por donde habíamos entrado.

——¡No dejaré que lo hagas! ——Ariella seguía peleando conmigo. Con su cabeza agachada, no había visto como Mason ayudaba a Hazel——. ¡Lucha contra él! ——Le gritó a Hazel.

Mantuve mi ritmo, quedándome detrás de Mason y Hazel mientras estos corrían por el pasillo hacia la puerta por donde habíamos entrado.

Quería decirle a Ariella que era yo, pero no podía arriesgarme a que nos descubrieran.

¿Qué si otro hombre enmascarado nos encontraba, o peor, que Jayden se había liberado de sus ataduras?

DIECISÉIS

ARIELLA

Me retorcía sobre su hombro y aunque el hombre enmascarado había mantenido su brazo alrededor de mis caderas, no detuve mis movimientos. Él se cansaría o se vería obligado a bajarme y yo tendría la oportunidad de defenderme. Solo estábamos nosotros dos.

Su agarre se aflojó solo un poco y usé toda mi fuerza para arremeter fuertemente contra él, golpeándolo y arrojándonos al suelo.

Una voz masculina gruñó.

——Maldición, Pecas.

No podía ser. ¿Sería posible?

——¿Jaxson? ——Susurré.

Quizás debería haber corrido. Era mi oportunidad, pero reconocería esa voz en donde sea cuando decía mi apodo. Él me dio vistazo por encima del hombro mientras se ponía de pie, quitaba el polvo de sus pantalones y me ofrecía una mano. Esos penetrantes ojos azules robaron mi corazón. Me aferré a su mano y nos apresuramos a salir del edificio.

El equipo SWAT esperaba a que saliéramos. Apuntándonos con sus armas.

Levanté los brazos. Jaxson hizo lo mismo. La escopeta colgaba de su hombro. Él cayó de rodillas, con la máscara aún puesta mientras el equipo SWAT lo rodeaba.

——¡No disparen! ——Les grité a los hombres——. Él es parte de *Eagle Tactical*. ——Había asumido que ellos lo habían enviado como parte de su operación.

——Una razón más para arrestar su trasero ——dijo un hombre con un chaleco de SWAT.

Él salió desde detrás del centro de control que atravesaba el aparcamiento. Él debía ser el líder de la operación.

——¿Jaxson? ——¿Qué diablos estaba pasando?

———

Agentes del equipo SWAT me registraron para asegurarse de que no tenía armas antes de apartarme de Jaxson.

——Quiero ver a Jaxson ——exigí. ¿Por qué nos mantenían separados?—— Él salvó mi vida. —— Insistí en que ellos supieran quien me había rescatado.

¿Tenían que verificar su historia porque él estaba vestido como uno de ellos?

¿Había roto las reglas al entrar para rescatarnos a mí y a Hazel? ¿En dónde estaba Hazel? La preocupación me inundó mientras me sentaba en una silla de metal con una manta sobre mis hombros.

——Tranquila ——dijo Mason, viniendo a sentarse a mi lado. Me entregó una botella de agua——. Jaxson dijo que podrías necesitar esto.

——Gracias.

Hazel se detuvo detrás de él. Ella era pequeña en comparación y no me había dado cuenta de cuán fácil ella desaparecía. Él era su protector.

¿Él había estado dentro del complejo también? No lo había visto, pero eso no significaba nada. Los hombres de *Eagle Tactical* trabajaban como un equipo.

Dudaba que Jaxson hubiera ido solo.

——¿Dónde está él? ——Pregunté. Abrí la botella de agua y tomé un sorbo. Usé ambas manos para sostener la botella, haciendo todo lo posible para que las manos no me temblaran. La manta ayudaba, aunque no tenía frío. No sentía nada más que cansancio.

——Está dando su declaración y lidiando con las consecuencias de lo que hicimos ——dijo Mason. Él puso su brazo alrededor de Hazel, apretándola contra su cuerpo.

——No lo entiendo. ¿Está en problemas?

Mason sonrió con satisfacción, relajado.

——No más de lo usual. Necesito llevar a Hazel a un lugar seguro. Ella mencionó que Franco está dentro del complejo turístico. No puedo arriesgarme a esperar que él nos encuentre.

——Si, eso es cierto. ——Ella ya no podría quedarse en el hotel. No me atreví a preguntarle a donde se la llevaba. No estaba segura de querer saber. Era mejor que fuera un secreto para todos.

Él puso una mano sobre mi hombro.

——¿Estás segura de que estás bien? Si te llevo con nosotros, Jaxson perderá la cabeza. Apenas se puede mantener calmado ahora ——dijo Mason.

Bebí mi agua y limpié mis labios.

——Estoy bien. Dudo que él quiera verme. Él me echó de su casa. Soy la última persona con la que él quisiera lidiar. Recuerden que había planeado quedarme en el hotel para alejarme de él.

——Habla con él ——dijo Mason. Él me dio una palmadita en la espalda antes de guiar a Hazel fuera de la tienda de campaña.

Quería irme. No quería quedarme sentada con la manta que picaba envuelta sobre mis hombros y bebiendo una botella de agua tibia. Quería irme a casa, tomar un baño caliente y dejar que mis problemas desaparecieran.

————

Jaxson irrumpió en la tienda de campaña, agitaba los hombros al caminar y posó sus ojos en los míos.

——¿Estás bien?

Él se alzaba sobre mí ya que estaba sentada en la fría silla de metal. Apreté más la manta, tratando de resguardarme del frío. Temblé, pero era más por su cercanía que por el frío en el ambiente.

No respondí, solo me quedé viendo. ¿En serio le importaba como estaba, o solo era su instinto protector preguntando?

Más temprano esa mañana, a él le importó un comino yo o mis sentimientos. ¿Por qué eso había cambiado ahora?

——Estoy estupenda ——dije y traté de darle la mejor sonrisa que pude reunir.

Él se agachó. Sus rodillas para llegar a mi altura.

——Estás enojada conmigo.

——¿Qué te hizo pensar eso? ——Cerré los ojos y exhalé pesadamente antes de abrirlos de nuevo.

Él no se movió y continuó mirándome fijamente.

——¿Qué tal si te llevo a casa? Somos libres de irnos.

¿Hablaba en serio? Él prácticamente me dijo que encontrara otro sitio para vivir hace unas cuantas horas. ¿Se había olvidado, o solo se sentía culpable de que yo fui una de las víctimas?

——No tienes que sentir lástima por mí. ——Empujé su pecho suavemente para hacerlo retroceder a medida que me levantaba——. Estaré bien. Solo encontraré otro lugar donde quedarme. ——No estaba segura de que otras opciones de alojamiento tenía, pero ya me las arreglaría.

Quizás podría quedarme con Emma si tenía una habitación que le sobrara, o al menos, un sofá en el que pudiera dormir.

Si no era así, tal vez alguno de los chicos de *Eagle Tactical* podría sugerir un lugar donde pudiera pasar la noche. No era lo suficientemente estúpida como para quedarme con alguno de ellos. Jaxson probablemente le haría la vida un infierno.

——No siento lástima por ti ——dijo y se levantó. Exhaló pesadamente y entrelazó su brazo con el mío ——. Te estoy llevando a casa.

——Jaxson tengo mi auto. Puedo conducir a casa.

No estaba realmente segura de a dónde iría. Ya no tenía un hogar.

——No ——uUna respuesta de una sola sílaba.

Él no me estaba escuchando. Jaxson me guio de la tienda de campaña hasta su camioneta. Desbloqueó la puerta y me ayudó a subirme. Había mantenido la manta, poniéndola sobre mi regazo mientras subía al asiento delantero.

——Esto no es necesario. Soy capaz de conducir yo misma.

Él esperó hasta que me abroché el cinturón de seguridad antes de cerrar la puerta y corrió hasta el lado opuesto. Jaxson se subió, encendió el vehículo y abrochó su cinturón de seguridad.

——Te estoy llevando a casa. ——Su voz era fuerte y dominante.

¿Estaba acostumbrado a ordenar a la gente? Él lo había estado haciendo en los últimos días en la oficina, sobre todo a mí.

Consideré las palabras de Mason de que Jaxson estaba sexualmente frustrado, pero eso no tenía sentido. Habíamos tenido sexo recientemente y estaba bastante segura de que él no era del tipo que buscaba ligues de una noche. Él tenía una hija y había sido bastante obvio cuando nos conocimos que él la ponía primero.

No respondí, solo me quedé viendo por la ventana mientras él nos conducía fuera del aparcamiento hasta la autopista principal, hacia el paso de la montaña.

——Lo entiendo. Estás enojada conmigo ——dijo Jaxson. La radio estaba apagada y la calefacción estaba a todo volumen.

Aparté mi mirada de la ventana para mirar a Jaxson y luego me crucé de brazos.

——Lo siento si me pasé de la raya ahí, pero no podía dejar que nada te sucediera, Pecas.

——¡No te atrevas! ——Advertí. Él no tenía derecho a llamarme así, ya no.

Subimos la montaña, Jaxson reduciendo la velocidad de la camioneta. Los neumáticos giraron hacia atrás, pero rápidamente se pusieron en marcha hacia arriba de nuevo. Sus manos sostenían el volante en un fuerte agarre. El camino no lucía tan inestable, pero mientras más subíamos, más nieve empezaba a caer. Al principio, los copos eran gruesos y ligeros y cubrían el camino como si fuera polvo, pero se volvía más pesado con cada minuto que pasaba.

——No tenía la intención de herirte ——dijo él—— Tenía que parecer que era uno de ellos.

Me moví en mi asiento y me giré un poco para enfrentarlo.

——¿Crees que estoy enojada por lo que pasó en el complejo? ——Él hizo lo que necesitaba hacer para sacarnos a Hazel y a mí de ese lugar.

Él me dio un breve vistazo antes regresar su atención al terreno cubierto de nieve.

——¿No lo estás?

Me reí en voz baja.

——Dios, no tienes ni idea. ——¿Eran todos los hombres tan despistados?

——Cielos, gracias ——murmuró. Él refunfuñó algo incoherente en voz baja.

Lo miré fijamente.

——¿Qué dijiste? ——Pregunté, retándolo a decirlo en voz alta.

——Dije: "todas las mujeres son iguales".

——¿Con quién me estás comparando? ¿Emma? —— Empujé la manta, mis dedos tiraban de la lana rasposa, clavándose en ella en puños——. No me pondrás en la misma categoría que la mujer que abandonó a tu hija y no quiso tener nada que ver con ella o contigo.

Hice una mueca luego de que las palabras dejaran mis labios. Eso no era lo que realmente pensaba de Emma, pero sabiendo lo que sé y el hecho de que ella nunca lo mencionó, sino que fue Jaxson quien me dijo, me molestaba.

¿Por qué ella estaba aquí? ¿Quería conseguir su afecto y atención?

No los había visto juntos a excepción de esa noche en el bar, pero tal vez había algo que desconocía. No había estado en Breckenridge por mucho tiempo.

¿Acaso él mantenía sus propios secretos?

Frotó su frente con una mano y con la otra seguía sosteniendo el volante.

——Lo siento.

——¿Por qué? ——No quería que se disculpara si no lo decía en serio o no sabía el porqué.

Él se quedó quieto, sin responderme enseguida.

——Bien, lo haré más fácil para ti. Has sido un imbécil conmigo, de hecho, eres el jefe más idiota que he conocido. Dime que estoy equivocada —— dije, mirándolo detenidamente.

Él había mantenido su atención en el camino y cada cierto tiempo miraba en mi dirección, pero ahora no me miraba. Él cambió de posición bajo mi mirada, claramente incómodo con lo que dije.

Él quería saber la verdad. Ahí la tenía.

Su mandíbula estaba tensa y sus dientes apretados. Dejó caer su mano izquierda del volante mientras conducía la camioneta hasta el acceso privado hacia su residencia.

——Si, eso es lo que pensé. No te preocupes estaré fuera de tu camino tan pronto como pueda encontrar un lugar para vivir. Había planeado quedarme en el complejo, pero está bajo una nueva gestión ahora mismo.

Él jadeó en voz baja.

——¿Crees que eres graciosa al hacer una broma como esa? Pudiste haber sido asesinada hoy.

——Bueno, no me mataron. Estoy segura de que estás decepcionado de que aún esté aquí, instalándome bajo tu techo. ——No había pretendido llegar tan lejos, pero las palabras se me escaparon. Él realmente no me deseaba muerta, ¿no es así? Él solo me odiaba. ¿Había una diferencia? Pellizqué el puente de mi nariz, podía sentir como empezaba un dolor de cabeza.

Quizás debería tomar mi manta y robar una almohada para irme a dormir a la maldita caseta, era la única propiedad que me quedaba con un techo.

Bien, era eso o mi auto, pero mi vehículo se había quedado en el complejo turístico, lo que hacía dormir ahí dentro difícil. Ese sería mi plan. Podría fácilmente vivir en mi auto. Solo necesitaba regresar al complejo. Tenía que atravesar las dagas de muerte que Jaxson lanzaba a mi dirección.

Él cerró el vehículo y dejó salir un suspiro pesado. Podía sentir el calor, la rabia y el estrés que se generaba dentro de la camioneta. No quería quedarme sentada a esperar que él estallara de nuevo conmigo. Desbloqueé la puerta de la camioneta, la abrí y me desabroché el cinturón de seguridad. Deslicé mis piernas hacia un lado para salir, pero la manta se enredó en mis piernas. Luchando con ella, no me di cuenta de que Jaxson se había apresurado hacia el otro lado de la camioneta.

Su cuerpo se puso frente al mío, atrapando mis piernas, con él prácticamente montado a horcajadas sobre mí. Sus manos se posaban sobre cada lado de mis caderas contra el interior de cuero de la camioneta para impedir que me escapara.

——Necesitamos hablar.

——No tenemos nada de qué hablar ——dije y empujé su pecho para obligarlo a moverse, pero él era muy fuerte.

Sus manos se alzaron, sujetando las mías y estrellándolas contra su pecho, acercándome.

——No creo que hayas querido decir eso ——dijo Jaxson.

No podía mirarlo. No quería darle más de mi atención o mi tiempo.

——Si quise decirlo ——dije.

——Nunca querría que algo malo te sucediera, Pecas. ——Levantó la mano derecha y acarició mi mandíbula, alzando mi rostro para que lo mirara. ——He sido un imbécil, pero es porque no se cómo hacer esto ——dijo e hizo gesto entre nosotros.

——¿Hacer qué?

——Ser profesional. ——Apoyó su frente en la mía.

Mis ojos se cerraron. Podía oler el sudor contra su piel mezclado con la esencia especial que hacía a Jaxson único.

Sus dedos se enredaron en mi nuca, trayendo mis labios más cerca. Él me sostuvo en esa posición, sin besarme, solo absorbiendo mi aliento y robando mi rabia y dolor a medida que la necesidad se apoderaba de nosotros.

Lo quería, pero no quería que él rompiera mi corazón. No de nuevo. No podría soportar que se rompiera en millones de pedazos.

——Esto no es profesional ——susurré. Mis párpados se abrieron, mi mirada se sentía pesada. Cada respiración que tomaba era profunda y rasposa. Lo quería más que a cualquier cosa en mi vida.

Lo peor era que sabía muy bien lo que me estaba perdiendo. Tuve una probada de la fruta prohibida y quería más.

——Al diablo con lo profesional. ——Sus labios se pegaron a los míos, duros y enérgicos con necesidad.

Lo aferré más duro y lo acerqué más a mí. Mis dedos se enredaron en su cabello a medida que bebía de él. Lo quería, lo necesitaba, ansiaba lo que solo él podía darme.

——Lo siento ——susurró él, rompiendo el beso y acariciando mi cuello con sus labios suaves y cálidos, mordisqueando y chupando mi piel sensible.

Gemí. Él sabía que hacer para debilitar mis rodillas. Por suerte ya estaba sentada. Bajé mi cabeza y mis dedos guiaron sus labios de nuevo a los míos.

Nuestras lenguas se batieron a duelo por tener el control y su cuerpo estaba apretado contra el mío. Lo deseaba, pero tenía miedo de decirlo, después de lo que había sucedido.

Él se apartó un poco y sus labios siguieron un camino cálido y suave hasta mi oreja.

——Tengo algo que decirte ——susurró.

——No quiero hablar ——dije, arrastrando su boca devuelta a la mía.

Hablar fue lo que nos metió en problemas. Terminábamos peleando. Esto se sentía bien, espectacular, de hecho, y hacía que mi cabeza diera vueltas de una manera maravillosa.

Cada miedo que consumía mi cabeza se había desvanecido con el toque de sus labios.

——Te dejé una nota la noche en la que me fui a casa ——susurró, besando mi cuello de nuevo.

Me congelé, mis ojos se abrieron y fui sacada del dulce momento y arrojada de vuelta a la realidad de lo que sucedió como si fuera una banda elástica.

——¿Qué? ——Retrocedí y puse una mano entre nosotros para detenerlo. Necesitaba escuchar esto, lo que sea que él creyera lo suficientemente importante como para sacarlo a colación ahora.

——No quería despertarte cuando me fui, así que escribí una nota y la pegué en tu nuevo refrigerador. Supongo que nunca la viste. ——Sus ojos brillaron y mientras veía al abismo azul profundo, pude ver que decía la verdad.

Jaxson no podía mentir ni para salvarse a sí mismo.

No tenía ni la más mínima idea de que él había dejado una nota. Había estado tan enojada con él por irse sin despedirse o mandar un mensaje que me había enojado aún más conmigo misma por confiar de nuevo.

——No sabía eso ——susurré, mirándolo. Cerré los ojos y apoyé mi frente contra la suya.

Tuve un escalofrío. No había hecho frío, pero la puerta de la camioneta había estado abierta por un tiempo y todo el calor se había escapado del vehículo.

——Deberíamos ir adentro donde se está cálido —— dijo Jaxson.

Cedí y le di mi mano para que me ayudara a bajarme de la camioneta. Mis botas se hundieron en la nieve fresca mientras lo seguía hasta la casa sin decir una palabra. Él apagó la alarma cuando entramos y aunque quería continuar lo que habíamos empezado, Skylar se apresuró a recibirnos.

——¿Están bien? Escuché en las noticias sobre la situación de rehenes. ¿Saben que querían? ¿Estaban ahí? Oí que trajeron al equipo de *Eagle Tactical* —— Skylar no paraba de hablar.

No podía lidiar con ella. Le di un vistazo a Jaxson y señalé la escalera.

——Voy a tomar una ducha. ——Necesitaba deshacerme de la suciedad que cubría mi cuerpo.

Quería que él se uniera a mí. Esperaba que se escapara de Skylar y encontrara su camino hasta el baño conmigo. A diferencia de la última vez, cuando él me rescató del agua helada cayendo sobre mí, quería que fuera diferente esta vez. Necesitaba que fuera diferente.

Solo podía transmitirle lo que deseaba con la mirada. Tenía que vigilar cada palabra que decía con Skylar presente e Izzie cerca.

No sabía donde estaba ella y no podía arriesgarme a que repitiera las cosas atrevidas que saldrían de mi boca.

Caminé tranquilamente hasta las escaleras y le di un vistazo por encima del hombro, dándole la mejor mirada de *ven aquí* que pude conseguir y asentí hacia las escaleras.

No estaba acostumbrada a todo el rollo sexy.

¿Captaría la indirecta?

DIECISIETE

JAXSON

¿Acaso Ariella me había lanzado una mirada seductora para que me le uniera en la ducha?

¿O eso era lo que quería creer porque quería que ella me deseara tanto como yo la deseaba a ella?

Skylar seguía haciendo preguntas sin cesar sobre el calvario que vivieron los rehenes. Si hubo heridos, qué querían, el porqué de su toma de rehenes, si exigieron algo y la lista seguía.

No me había quedado el tiempo suficiente para saber por qué los hombres armados habían tomado rehenes. Era evidente que buscaban algo.

Mi suposición era que buscaban dinero, pero no obtendrían una tonelada de efectivo de su asalto. El equipo SWAT estaba manejando el rescate de los otros rehenes.

Me habían dicho que me fuera a casa y que nuestros servicios ya no eran necesarios luego de la artimaña que había hecho para salvar a Ariella y Hazel.

No era bueno para nuestra compañía, pero el sheriff no parecía tan inquieto como el cabecilla del caso. No pretendíamos ofender o insultar a los chicos grandes con placas, pero hicimos lo que necesitábamos hacer para salvar a nuestra gente y les dije que lo habría hecho de nuevo.

Eso es lo que me metió en problemas. No me arrepentía de nada, al menos no por como terminó todo.

Solo me arrepentía de haber herido a Ariella.

Ella estaría aún más enojada conmigo si no me le unía en la ducha, asumiendo que esa era su intención.

¿Quizá ella quería que me escapara hasta arriba así podríamos terminar lo que empezamos? O podría estar completamente equivocado y ella me patearía el trasero al minuto que pusiera un pie en la ducha sin invitación.

Si y no hablemos del acoso sexual en el trabajo. Hay que recordar eso, aunque enfrentémoslo, ella vivía conmigo, su jefe.

Estábamos destinados a cruzar ciertas líneas más que otra gente.

Quería cruzar esa línea con ella, la que nos mantenía estrictamente como amigos y profesionales. Ya no quería ser solo su jefe. Si ella lo consentía, ¿Qué daño hacía que nos acostáramos de nuevo?

Skylar seguía hablando sin cesar acerca de lo preocupada que había estado, como cada emisora local transmitía la crisis por televisión y como no quería que Izzie la viera, pero que ella creía necesario hacerlo ella.

Me encontré asintiendo y estando de acuerdo con lo que decía, pretendiendo escuchar, solo para que la conversación terminara. Estaba siendo un asno, lo sabía, pero Skylar y yo no nos llevábamos bien. No lo habíamos hecho en años, desde que papá falleció. Ella me culpaba a mí. Yo me culpaba a mí mismo. Era una situación estupenda en verdad.

——¿Puedes oler eso? ——Pregunté y olfateé mi camisa——. Necesito una ducha y lavarme. Apesto y estoy seguro de que nadie querría olerme.

Lo que sea para que me dejara en paz por veinte minutos o una hora.

——Necesitamos hablar Jaxson, cuando termines. ——Skylar se cruzó de brazos.

Me quité los zapatos y me dirigí hacia las escaleras.

——Solo dilo. ——Skylar nunca se iba por las ramas. Ella era descarada, a veces demasiado. ¿Desde cuándo pedía permiso para hacer algo?

——Me quedaré en Breckenridge de manera permanente. Solicité empleo y fui contratada por la cafetería que está en el pueblo ——dijo Skylar.

——Genial ——murmuré, precipitándome hacia las escaleras.

——Pensé que estarías feliz de que estuviera más alrededor, ——dijo Skylar.

——¡Dije que es genial! ——Grité de vuelta a ella mientras me apresuraba a subir las escaleras. La luz del baño de huéspedes estaba apagada y la puerta abierta.

Chica astuta.

Ella se había metido en mi baño privado. Entré a mi habitación y noté que la luz del baño estaba encendida y la puerta había sido dejada entreabierta.

Me quité la ropa, lanzando al piso mi camisa, pantalones, calzoncillos y, por último, mis medias. Abrí la puerta del baño desnudo, esperando que no hubiera entendido mal su señal.

¿Ella quería esto?

¿Ella me deseaba?

Tiré de la cortina del baño y me metí en la ducha con ella. A diferencia de la última vez, cuando ella se había hecho un ovillo en el piso, ahora ella estaba exactamente como la había imaginado, parada bajo la ducha y empapada.

Me metí en la ducha llena de vapor y la apreté contra mí. Mis labios se estrellaron con los suyos. Necesitaba sentirla cerca.

Frenético, alcé una de sus piernas y me guie a mí mismo dentro de su calidez, enterrándome adentro de ella.

Ariella gimió mientras entraba en ella de manera rápida. Sus uñas se clavaron en mi espalda, marcándome.

Echó su cabeza hacia atrás, su piel estaba ruborizada. ¿Era su sonrojo producto del deseo o del calor de la ducha?

El vapor nos envolvía.

Recé porque el sonido del agua cayendo de la ducha ocultara los ruidos que nosotros hacíamos de quien pudiera escucharnos.

——Más duro ——gruñó ella en mi oído, tirando de mi lóbulo con sus dientes.

Di un gemido e intenté enfocarme en complacerla y en no arruinar este momento tan increíble.

Levanté sus caderas, sus piernas envueltas a mi alrededor y la apoyé contra la pared de la ducha. Ella tembló cuando su espalda se pegó a la pared.

——Dios, está helada ——murmuró ella y me estrechó más duro y profundo, abrazándome.

Me tomó cada pedazo de autocontrol para no decepcionarla.

——No sucederá de nuevo.

——Espero que sí. ——Su aliento me hizo cosquillas en el cuello antes de que volviera a capturar sus labios.

Traté de ir más lento, de prolongar el momento inevitable, pero el pensamiento de perderla me había roto por dentro. Había pasado por encima de todos los protocolos hoy. Nada de eso importaba, solo el hecho de que estábamos juntos ahora mismo.

Mi ritmo se volvió frenético, lo que me condujo más profundo dentro de ella. Necesitando que nos convirtiéramos en uno.

Su interior se apretó y podía sentir su temblor contra mí.

Era todo el estímulo que necesitaba. Toda mi furia se desató mientras gruñía y me aferraba más duro contra su cuerpo, absorbiendo todo acerca de este momento, desde su dulce y sexy esencia hasta los sonidos en voz baja que hizo a medida que nos veníamos juntos.

No quería olvidar nada de ello, nunca.

Cerré la llave de la ducha y la cargué hasta mi cama, acostándola y arrastrándome sobre ella. La miré al rostro.

——Eres toda mía, Pecas. ——Quería reclamarla y marcarla como mía por siempre. Aunque sabía que ella estaba viva, bien y a salvo en mis brazos, tenía que seguir diciéndome que ella estaba aquí conmigo y esto era real.

Acarició mi mandíbula con su pulgar y yo me incliné, rozando mis labios contra los suyos, aplastándola con un beso abrasador. Nunca me había sentido tan inútil en mi vida hasta hoy, cuando escuché sobre la toma de rehenes y que ella estaba ahí porque yo la había enviado.

La culpa pesaba sobre mis hombros.

Retrocedí, sosteniéndome con los codos para así poder verla mientras posaba mis caderas contra las de ella, presionándola contra el colchón, cubriéndola con mi cuerpo y resguardándola del mundo exterior; protegiéndola.

Ella mordió su labio inferior.

——¿Qué ocurre? ——Susurré, rehusándome a apartar la mirada.

Ella tenía toda mi atención. Deslicé mi pulgar sobre su labio, su mandíbula relajándose mientras dejaba ir la piel sensible de su agarre. ¿Se había dado cuenta de lo que hacía?

——Eres mi jefe ——ella me miró, sin moverse. Una mano acariciaba la barba incipiente en mi barbilla y la otra se posaba en la parte baja de mi espalda——. Hasta hace unos días habías sido bastante claro que el sexo estaba fuera de los límites, que no podíamos hacer esto y también trabajar juntos al mismo tiempo.

Rodé fuera de su cuerpo y me acosté de espaldas, mirando hacia el techo, enojado.

——No puedo trabajar contigo y pretender que no significas algo para mí.

Ariella se puso de costado y tiró del cobertor hasta cubrir su cintura. Mordió su labio inferior de nuevo.

Me incliné hacia ella, necesitando probarla de nuevo y queriendo saber que ella no se arrepentía de lo que acabábamos de hacer. No podía volver a pretender que no éramos más que amigos.

El tenerla en la oficina me estaba volviendo loco. Quería doblarla sobre mi escritorio.

El beso fue más suave, lleno de anhelo y deseo, no solo de necesidad y deseo reprimido.

——¿Qué significa eso? ——Preguntó Ariella——. Prefiero perder mi trabajo que perderte a ti.

Mi agarre en ella se apretó. Los chicos me matarían inevitablemente, pero no iba a permitir que ella dejara la compañía o que me dejara a mí, y ser profesional había sido jodidamente difícil.

——No vas a dejar al equipo. Eres una de nosotros ahora. ——Ella se había probado a si misma, especialmente hoy, cuando protegió a Hazel y la mantuvo lejos de los hombres que la querían muerta.

——¿Qué estás sugiriendo? ——Preguntó ella, mirándome a los ojos. Sus dedos tocando mi pecho.

Tiré los cobertores hasta arriba, enterrándola entre el calor de la manta y yo. Besé su mejilla, nariz y párpados, tentándo. No tenía una gran sugerencia. Aunque quería gritarle al mundo que ella era mía, tenía el presentimiento de que eso sería mucho para ella. No quería alejarla.

——No lo tomaremos lento y mantendremos en secreto lo que sucede entre nosotros ——dije. No era problema de nadie.

——¿De verdad crees que podrás mantener esto como un secreto?

Había mantenido un montón de secretos. Era parte del trabajo. Sabía que Ariella podría manejarlo porque ella había tenido que hacer lo mismo en la C.I.A.

——Si. ¿Por qué? ¿Estás teniendo dudas al respecto?

Sus ojos brillaron de alegría y se echó a reír mientras movía sus caderas sobre las mías. Su mano se deslizó bajo las sábanas, despertándome y haciéndome sentir completamente vivo de nuevo.

——Oh, puedo manejarlo, pero no estoy segura de que mi jefe idiota sea capaz de conseguirlo ——dijo Ariella.

Resoplé.

——¿Es ese un desafío, Pecas? ——Ella me hacía sentir como un adolescente de nuevo ya que mi cuerpo respondió de manera instantánea a su toque.

Estaba bajo su control y misericordia.

———————

Después de quedarnos despiertos casi toda la noche satisfaciéndonos el uno al otro, llegó el amanecer. Ariella recién se había quedado dormida y yo tenía que levantarme para ir a trabajar. No tenía el corazón para despertarla. La besé, pero también pensé que mejor le dejaba una nota. La última vez había habido un terrible malentendido entre nosotros y aunque no creía que mi casa se fuera a incendiar, no necesitaba arriesgarme a que ocurriera otra catástrofe tampoco.

La besé suavemente en la mejilla, sus ojos seguían cerrados y extendió el brazo por la cama, buscándome. Me quedé de pie, ya vestido y listo para irme.

——Sigue durmiendo. Daré una vuelta para traer el almuerzo y te llevaré a la oficina alrededor del mediodía. Puedes llegar al trabajo tarde esta vez, órdenes de tu jefe.

Sus ojos se abrieron perezosamente.

——¿Estás seguro? No quiero un trato especial.

——¿De verdad? ——La miré con una sonrisa y me incliné para besarla de nuevo——. Eso no es lo que me dijiste anoche.

Sus ojos se cerraron perezosamente, pero la sonrisa nunca dejó sus labios. Ella gimió suavemente.

——Si, tienes razón. Solo no les digas a los otros chicos, ¿recuerdas?

——Te lo prometo. ——Mantendría nuestro pequeño secreto entre nosotros, al menos hasta que estuviera seguro de que los chicos no harían que Ariella la pasara mal.

Podía manejar que ellos me molestaran. Lo que no quería era que ellos me presionaran a terminar la relación o a despedirla.

Le di otro beso en la frente antes de escabullirme silenciosamente fuera de la habitación y cerrar la puerta. Me apresuré hasta la cocina, necesitando una taza de café bien cargado para mantenerme despierto.

——Buenos días ——dijo Skylar. Ella estaba sentada en la mesa de la cocina, leyendo el periódico.

Di zancadas a través de la cocina, tomé una taza y me serví una taza de café caliente. Ya podía oler el agradable aroma y quería probarlo.

Ansiaba esa primera taza para despertarme. Lo último que quería era salirme de la carretera en mi camino hacia el trabajo.

Izzie seguía dormida, lo cual era inusual pero no era raro cuando había tenido un día agotador.

No había pasado mucho tiempo con mi hija últimamente y estaría pasando más tiempo con Skylar si se mudaba a Breckenridge.

——¿Están juntos ahora? ——Preguntó Skylar——. Pude oír la maldita cama chirriando toda la noche. Tuve que ponerme audífonos para ahogar el ruido.

Levanté la taza hasta mis labios y tomé un largo sorbo de mi café. Traté de ocultar la sonrisa que tenía en la cara. Tal vez ella se mudaría si la manteníamos despierta al tener sexo ruidoso que la fastidiara.

——¿Qué? ——Pregunté, pretendiendo que no la había escuchado. Borré la sonrisa de mi cara y puse la taza sobre la encimera.

——Ustedes dos se estuvieron sacando los sesos toda la noche ——dijo Skylar. No era una pregunta.

——¡Papi! ——Chilló Izzie, bajando a pisotones las escaleras. Su cabello era un enredo salvaje y aun vestía su pijama, pero era una cosita hermosa.

——Buenos días, pequeña.

La alcé en mis brazos y di vueltas con ella, abrazándola y besándola. La había extrañado mucho y había dependido de Skylar más de lo que quería admitir.

——Sacar senos, papi. Quiero sacar senos.

La cara de Skylar se volvió carmesí y bajó la cabeza, cubriéndose el rostro con las manos.

——Sesos, ——dije, corrigiendo a Izzie——. Y no es algo que solemos decir. ——Ella era lo suficientemente inteligente como para darse cuenta de que no era algo amable para decir si le estaba diciendo eso. No necesitaba explicar, ella tenía tres años, después de todo.

——Vamos para que te vistas. ——La bajé al piso y ella tomó mi mano, tirando de mí para que la siguiera hasta arriba.

Hice lo mejor que pude para mantener el silencio ya que no quería que Ariella se despertara.

Siguiendo a Izzie hasta su habitación, encendí la luz y me apresuré hasta su cómoda. Necesitaba llegar a la oficina y averiguar que había pasado con Mason y Hazel.

¿Estarían bien?

Se suponía que me encontraría con Franco ayer, pero luego de que fue retenido en el complejo turístico, sospeché que podría pasarse por la oficina hoy. Necesitábamos rechazarlo como cliente. No había manera de que entregáramos a Hazel y aunque había estado investigando Franco, no había esperado tener que enfrentarme a la mafia. Habíamos lidiado con criminales en el pasado, casos de violencia doméstica y delincuentes, pero la mafia, eso era nuevo. Quería discutir con los chicos como íbamos a manejar esto antes de que Franco o sus matones se presentaran en las oficinas de *Eagle Tactical*. Necesitábamos un plan. Decirles que no aceptaríamos el trabajo no parecía ser suficiente.

Abrí los cajones de la cómoda, sacando un conjunto de ropa para Izzie. Mi teléfono sonó mientras la vestía.

Contesté la llamada y puse el teléfono sobre mi oreja, usando mi hombro.

——Hola, llegaré a la oficina pronto ——dije, reconociendo el número de Declan en la pantalla.

——¿Viste las noticias esta mañana? ——Preguntó Declan.

Mi estómago cayó.

——No. ¿Está todo bien? ¿Mason se reportó? ——Pregunté. No había hablado con él acerca de dónde llevaría a Hazel, pero asumí que iría hasta la propiedad de su tío en Dakota del Norte. El equipo se había refugiado ahí en unas cuantas ocasiones.

——Mason está bien, hasta donde yo sé. Se trata de Ariella ——dijo Declan.

Me apresuré a vestir a Izzie y di un vistazo hacia la habitación al otro lado del pasillo.

——¿Qué pasa con ella?

¿Había otro secreto que ella no había compartido y que me sacudiría ahora?

¿Qué más podría soportar?

——¿Recuerdas a Benjamin Ryan?

——Si, él es su exesposo ——dije. Lo conocía. El bastardo había robado los ahorros de toda mi vida.

——El fiscal desestimó los cargos contra él y será liberado de prisión ——dijo Declan——. Resulta que hay evidencia que demuestra que él no pudo haber estado involucrado ya que el rastro digital conduce hasta una conexión en otro estado fuera de Nueva York. Hay una entrevista de él en las noticias dónde se le pregunta que piensa hacer ahora con su vida.

Tragué el nudo en mi garganta. Izzie estaba vestida, pero su ropa no combinaba. Estaba muy ocupado escuchando a Declan como para darme cuenta de lo que había hecho.

——¿Te gusta dejarme en ascuas? ——Hice una mueca y tomé su mano, sacándola de su habitación y llevándola de vuelta hacia las escaleras.

——Él quiere recuperar a su esposa, Ariella Ryan.

DIECIOCHO

Hazel

Había mantenido mi cabeza baja y había evitado mirar a Franco durante la toma de rehenes. Todavía podía sentir su aliento putrefacto cuando él me besó antes de lanzarme a la parte trasera de su auto recientemente.

No tenía idea de donde Mason y yo nos dirigíamos. Habíamos estado conduciendo por horas y me había dormido por un tiempo. Había sucumbido al sueño gracias a la cómodo que era el vehículo, así como al hecho de que podía relajarme.

Froté mis ojos y me moví, cambiando de posición en la camioneta.

Todavía estaba oscuro afuera. Le di un vistazo al reloj del vehículo. Era justo pasada la medianoche.

——¿Cómo estás? ——Preguntó Mason.

——Solo estoy cansada, aparte de eso, estoy bien, ——dije. Mis dedos jugaron con el collar de oro blanco, tirando y retorciendo la cadena con mi dedo índice.

——Ya casi llegamos. Nos prepararé algo de comer tan pronto como entremos antes de irnos a dormir.

——No tengo mucha hambre. ——Aunque mi estómago decía lo contrario, no creía que podría comer mucho. Los eventos de los últimos dos días habían sido agotadores y el pensamiento de comer algo no me atraía después de no haber dormido mucho.

Él nos condujo por un camino de grava, levantando el polvo y la suciedad a nuestro paso. ¿A dónde diablos me llevaba? ¿Tenían un refugio?

Mason no dijo nada y mantuvo su atención en la carretera por los últimos kilómetros hasta que aparcamos en frente de una casa de dos pisos y aspecto rústico ubicada en una granja.

——Ya no estamos en Montana, ¿no es así? ——No había visto ninguna montaña, pero estaba oscuro.

——Estamos en Dakota del Norte. Mi tío es el dueño de la granja y las hectáreas de tierra que tenemos aquí. Él tiene bastante espacio, pero no es muy amable con los extraños. Sería mejor si fingimos ser una pareja.

Resoplé.

Él no podía estar hablando en serio.

Apagó el motor y abrió la puerta de la camioneta.

——Bromeas. ¿Cierto? ——Pregunté y salí del vehículo, siguiéndolo hasta la puerta principal.

No tenía ropa u otras pertenencias conmigo, a excepción de la ropa que estaba usando. Todo lo que Ariella tan amablemente había comprado para mí se encontraba en el complejo.

Su mano se posó en mi espalda baja, a medida que me acompañaba hasta las escaleras del porche.

——Estoy hablando en serio. Si queremos quedarnos aquí entonces necesitamos convencerlo de que tenemos una relación seria.

——Genial ——murmuré en voz baja. No era que aún no albergara sentimientos por Mason, todo lo contrario.

Prácticamente me le había lanzado encima anteriormente y él me había rechazado porque estaba preocupado por qué, ¿su reputación?

Moví los pies mientras sentía el peso de su mano contra mi espalda baja. Su toque era firme y posesivo, y habría fingido ser su novia en cualquier otra circunstancia. No me sentía con fuerzas para hacerlo hoy o tenía el suficiente aguante para ser alguien más.

El agotamiento se apoderó de mí y tropecé cuando pisé una superficie inestable.

Mason envolvió mi cintura con su brazo.

——Vaya. ¿Estas bien? ——Él me sostuvo cerca.

Asentí y froté mis ojos.

——Supongo que no me he despertado por completo.

Era una mentira. Sufría cuando no dormía y no había tenido el descanso suficiente en dos días como para que clasificara como una noche de descanso decente.

——Pronto irás a dormir ——dijo Mason.

Su aliento contra mi cuello envió un escalofrío a través de mi cuerpo. Esperaba que él no notara mi reacción. Me mantuvo cerca de él mientras un perro del lado opuesto de la puerta ladraba profusamente y se escuchaban pasos pesados que venían a abrir la puerta.

Pasó un rato, y finalmente, la puerta de madera se abrió, pero la contrapuerta seguía cerrada con llave.

——¿Mason? ——El hombre tenía treinta años más que Mason, pero se parecían mucho en los ojos, la mandíbula e incluso en la complexión. Ellos podrían pasar por hermanos——. ¿Qué estás haciendo aquí en el medio de la noche?

Él abrió la contrapuerta.

El extraño me fulminó con la mirada, pero nos dejó entrar.

Un perro mestizo marrón y blanco nos recibió de manera entusiasta, saltando y meneando la cola.

——¡Abajo, Bear! ——Ordenó él.

Bear probablemente pesaba 35 kilos de puro músculo y tenía pecas preciosas de color marrón en su cara blanca. Su nariz era de un tono marrón dorado que coincidía con su pelo.

——Es hermosa ——dije, mientras acariciaba su cabeza y ella se inclinaba para más caricias y cariño.

Mason abrazó a su tío antes de rodear mis caderas con su brazo, acercándome más a él. ¿Trataba de convencer a su tío de que éramos una pareja?

——A Bear ciertamente pareces agradarle ——dijo su tío——. A ella no le gusta mucha gente.

Me parecía difícil de creer dada su disposición, pero quizá no venía mucha gente a esta granja.

——Tío Jeb, esta es mi novia, Hazel ——dijo Mason ——. Pensamos en llamar antes, pero ya sabes como es la señal de teléfono aquí.

El tío Jeb desestimó eso con un gesto.

——Es mejor no usar teléfonos. Sabes que esas cosas son monitoreadas constantemente. Ya nadie tiene privacidad.

Él cerró con llave la puerta principal detrás de nosotros, tenía diferentes cerraduras en la puerta.

——No me habías dicho que tenías una novia —— dijo el tío Jeb.

Mason me sostuvo cerca de él. Su cuerpo irradiaba calor hacia el mío. Me acerqué más a su toque y abrazo.

——Reconectamos recientemente ——dijo Mason ——. Nos conocimos en el internado cuando éramos niños.

Los ojos del tío Jeb se iluminaron.

——Recuerdo a Hazel. Ella fue lo mejor que te pudo haber pasado. Te mantenía lejos de los problemas.

¿Era eso lo que le decía a su familia sobre mí? Puse una mano en su pecho. No era muy difícil actuar como su novia. Quería serlo.

——Mason fue lo mejor que me sucedió a mí también en el internado ——dije.

No estaba tratando de quedar bien con Mason o su tío. Solo decía la verdad.

Mason se quitó el abrigo y los zapatos, dejándolos cerca de la entrada de la casa. Hice lo mismo, siguiendo su ejemplo.

——Espero que no te importe, pero no hemos comido nada. Esperaba poder preparar algo en la cocina antes de irnos a dormir ——dijo Mason.

——Adelante. Mi casa es tu casa, hijo. Cambiaré las sábanas en la habitación de huéspedes mientras tu le preparas algo a tu dama.

Colgamos nuestros abrigos y pusimos nuestros zapatos en la alfombra cerca de la puerta. Mason aferró mi mano y tiró de mí para que le siguiera por el pasillo hasta la cocina.

Él encendió la luz, lo que bañó la cocina en una luz brillante.

Hice una mueca y cerré los ojos, intentando ajustarme. El vestíbulo no estaba muy iluminado, pero la cocina me cegó.

Mason presionó otro interruptor, lo que iluminó solo parte de la cocina.

——¿Mejor?

——Gracias ——Dejé ir su mano y caminé hacia la encimera para sentarme en uno de los banquillos ——. No estoy segura de que tanto pueda comer. Dormir, eso si lo puedo hacer. ——Sofoqué un bostezo. El solo hablar de dormir me hacía sentir más cansada.

——Prometo que te meteré a la cama tan pronto como comamos algo.

Metí un mechón de cabello detrás de mi oreja. Mason me observaba detenidamente, lo que hizo que mi estómago cayera. ¿De verdad me metería en la cama o solo lo decía por su tío?

Su tío Jeb no nos había seguido hasta la cocina, pero eso no significaba que no estuviera escuchando. El había estado a solo una habitación de distancia, por el pasillo. No sabía en donde estaba esa habitación de huéspedes que había mencionado. No escuché pasos hacia las escaleras o por el pasillo.

Apoyé los codos en la encimera y mi cabeza en mis manos, intentando mantenerme despierta.

——Te vas a dormir en tu comida como lo hace Izzie, ¿no es cierto? ——Dijo Mason, con una gran sonrisa en la cara.

No sabía quién era Izzie o a que se refería.

——¿Qué?

——La hija de Jaxson. ——Negó con la cabeza, sin perder su sonrisa——. Tú solo me recuerdas a alguien cuando tienes sueño.

Balbuceé, incapaz de responder con oraciones completas.

Solo quería dormir. Cerré los ojos por un breve segundo, solo para relajarme, cuando sentí un brazo cálido en mi espalda, lo que me hizo saltar en mi asiento.

——Relájate ——dijo Mason. Envolvió mi hombro con su brazo——. Nos hice un sándwich. Me gustaría que comieras algo antes de que nos vayamos a la cama.

Tragué el nudo en mi garganta. ¿De verdad compartiríamos una cama? Había querido hacerlo antes, pero él me rechazó. Ahora teníamos que fingir que estábamos juntos y locamente enamorados.

——Vamos. Necesitas comer algo. ——Mason había preparado un sándwich para él mismo. Se sentó en el banquillo junto a mí y le dio un mordisco a su sándwich de mantequilla de maní y mermelada.

Le di un vistazo al sándwich de mantequilla de maní y banana que había hecho para mí. Ese era mi favorito cuando éramos niños. Él lo recordaba. No tenía hambre, pero levanté el pan hasta mis labios y le di un mordisco para complacerlo.

Me tomó mucho tiempo terminar el sándwich. Parecía que el tiempo se hubiera detenido porque estaba cansada y lista para irme a dormir. Con ojos pesados, terminé mi último bocado y tomé un vaso de agua.

——Te prometo que mañana, nos prepararé algo más nutritivo ——dijo Mason. Él recogió los platos, lavándolos y enjuagándolos en el fregadero para luego secarlos.

Me levanté, tambaleándome por la falta de sueño.

——Puedo ayudarte a secar los platos ——ofrecí. Caminé alrededor de la encimera hasta el fregadero y tomé un trapo, secando cada uno de los platos que él lavaba.

Gracias ——dijo Mason——. Te meteré en la cama tan pronto como terminemos.

Lamí mis labios. ¿Planeaba compartir la cama conmigo? No estaba segura de que tan tradicional era su tío, si alentaría o se sentiría insultado de que durmieramos en la misma habitación.

——¿Qué? ——Preguntó él.

Sacudí la cabeza con una sonrisa cansada en mi cara.

——No dije nada.

——No, pero lo estás pensando.

——¿Cómo sabes lo que estoy pensando? ¿Desde cuando lees mentes? ——Pregunté.

Él cerró la llave mientras yo secaba el último plato y lo ponía en el escurridor. No sabía donde debía guardar los platos. Mason tomó el trapo, lo dobló y luego tomó mi mano y me llevó hasta las escaleras. Lo seguí, sin decir una palabra, dispuesta a dormir donde sea que él me ubicara. Llegamos al piso de arriba y él abrió la segunda puerta a la derecha, encendió la luz y me llevó adentro.

Una sola cama matrimonial se encontraba contra la pared. El edredón estaba replegado y varias almohadas habían sido mullidas y acomodadas para los invitados.

——¿En dónde vas a dormir? ——Pregunté.

Él cerró la puerta de la habitación.

——Contigo, por supuesto ——dijo Mason. Él se quitó la camiseta para luego desabrochar la hebilla de su cinturón, liberándose de éste.

Me quedé de pie, congelada y viendo cómo se desvestía.

¿De verdad íbamos a compartir la cama? Habíamos dormido juntos una docena de noches, entrando a hurtadillas al dormitorio del otro y arriesgándonos a que nos expulsaran, pero podía contar con los dedos de una sola mano las veces que habíamos tenido sexo.

Él abrió la cómoda y me arrojó una camiseta.

——Puedes usar eso para dormir si quieres. Es mía. Dejé algunas cosas aquí en caso de que visitara al tío Jeb.

——¿Traes a todas tus novias aquí? ——Pregunté. No tenía la intención de parecer celosa, pero encontraba inquietante la insistencia de Mason con que su tío no confiaría en mí a menos de que estuviéramos juntos ——. Date la vuelta ——dije.

——¿Qué?

——No me voy a desvestir en frente de ti. Date la vuelta.

Mason rodó los ojos y se volteó, enfrentando la puerta.

Me desvestí rápidamente, quitándome la sudadera de Mason que había usado antes para no llamar la atención. Me deslicé en su camiseta y me dejé las braguitas puestas antes de meterme bajo las sábanas.

——Bien, ya puedes mirar ——dije. Él se quitó los jeans y dobló su ropa, dejando sus cosas sobre la cómoda antes de apagar la luz y acercarse a la cama usando solo un par de calzoncillos.

¿Hacía más calor en la habitación?

——No respondiste a mi pregunta, ——dije. Mis ojos nunca dejaron su cuerpo. Él lucía caliente medio desnudo y era increíblemente guapo con su ropa puesta. Era increíble que ninguna mujer lo hubiera atrapado aún.

——¿Acerca de las novias? Eres la única persona que he traído aquí que no es uno de mis amigos del ejército o uno de los chicos de *Eagle Tactical*.

Mason se metió bajo las sábanas, dejando bastante espacio en mi lado de la cama.

Él era un profesional. Incluso cuando compartíamos una cama y fingíamos estar juntos. Él mantenía las manos para sí mismo.

Gemí y me di la vuelta inquieta en la cama.

——¿Qué está mal? ——Encontraba calmante la suave voz de Mason.

Su mano se extendió, rozando mi seno antes de apoyarla a mi lado. ¿Había sido un accidente en la oscuridad o él quería tocarme íntimamente?

——¿Aparte del hecho de que estoy agotada?

——Muy bien. Trata de dormir ——dijo él. Sus labios rozaron mi mejilla y me dieron un beso suave y gentil contra mi piel.

——No tienes que fingir aquí. Solo estamos tú y yo.

Su tío no podía vernos en la privacidad de nuestra habitación. Él no tenía que fingir que quería estar conmigo. Él ya me había rechazado una vez hoy. No iba a lanzarme hacia él de nuevo.

——Nunca fingiría algo. Bueno solo por el tío Jeb, pero eso es porque él es paranoico acerca del gobierno y de cómo me gano la vida.

Suspiré y me hice un ovillo en mi lado de la cama con los ojos cerrados. No estaba segura de cuánto más aguantaría despierta.

——Él no está equivocado. Me refiero acerca de lo que haces y el peligro que te sigue a todas partes.

Yo era parte de ese peligro, arriesgando su vida al llamarlo para que me ayudara a lidiar con Franco.

¿Podría volver a vivir una vida normal o me vería obligada a esconderme o a entrar al programa de protección de testigos?

——Puedo protegerme a mí mismo ——dijo Mason ——. Además, nada te sucederá mientras esté contigo.

Parecía tan confiado en su respuesta. Sus palabras eran reconfortantes. Me moví en la cama, acercándome un poco más. Aunque no llegué a tocarlo, me rocé contra él y el saber que él estaba a mi lado me tranquilizaba.

——¿Confías en tu tío Jeb?

——Le confiaría mi vida ——dijo Mason——. Él no permitirá que nada te suceda a ti también. Trata de dormir.

Sus labios rozaron mi mejilla una vez más antes de que la cama se moviera y él me sostuviera contra su pecho.

Abrí mi boca para quejarme y señalar que esto no era profesional, pero eso requería mucha energía y fuerza que no tenía ahora mismo para discutir con él. Lo dejé sostenerme y protegerme. Mis piernas se enredaron con las suyas, acercándolo más a mí. El calor de nuestros cuerpos provocaba que el deseo se intensificara dentro de mí.

No podía tenerlo. Él no era mío. Ya no...

————

Me desperté con un sobresalto. Bear ladraba profusamente abajo. Mi cuerpo se congeló, las luces seguían apagadas y el cielo seguía oscuro.

No sabía que hora era, pero me sentía mucho mejor, más descansada. Había dormido por un tiempo.

Me estiré para alcanzar a Mason, pero él no estaba en la cama conmigo.

——¿Mason? ——Susurré en la oscuridad, incapaz de verlo.

Él no respondió. ¿Quizás estaba abajo y había asustado a Bear?

Disparos se escucharon desde la planta baja.

DIECINUEVE

MASON

Me había despertado de un sobresalto, pero no estaba seguro del por qué. Hazel dormía profundamente, acurrucada sobre su lado de la cama.

Me desenredé de su agarre y silenciosamente, tomé mi arma metida bajo mis pantalones en la cómoda. Salí de la habitación y el tío Jeb se encontraba en el pasillo con su escopeta en la mano. Sus ojos se estrecharon, enfocados en la misma cosa que yo, el descubrir qué fue lo que nos despertó. Mi tío había servido con los marines muchos años atrás. Le di señales con la mano, no quería emitir ningún sonido.

Bear aulló desde la parte de abajo y yo me apresuré a bajar las escaleras lo más silencioso posible con mi arma en la mano. Necesitaba proteger a Hazel y la mejor manera de hacer eso era mantenerla arriba y lejos del peligro.

El tío Jeb me seguía justo detrás con su escopeta.

No quería decirle que necesitaría algo más potente que eso si se trataba de los hombres que buscaban a Hazel. ¿Cómo la habían encontrado? Había sido cuidadoso y me había asegurado de que nadie pudiera seguirme el rastro.

¿Había un rastreador en el vehículo o en Hazel? Le había dado el brazalete, pero no había manera de que ellos pudieran hackear nuestro rastreador. Estaba seguro de nuestro equipo y las medidas de seguridad que habíamos tomado para protegerla.

Bear gruñó y ladró. La dulce canina había sido entrenada para atacar. Ella podía sentir el peligro tanto como nosotros lo hacíamos.

El tío Jeb se detuvo a mi derecha mientras yo me mantenía en el lado izquierdo y me dirigía por el pasillo. Habíamos dejado las luces apagadas, lo que era una ventaja. Mi tío conocía su casa en la oscuridad y había pasado tantos veranos aquí que conocía como todo estaba organizado.

Los disparos salieron desde todos los ángulos afuera, impactando la casa. Me tiré al piso para cubrirme. No había otro sitio. Me arrastré sobre mi estómago hacia la ventana. Cuando los disparos se detuvieron luego de un tiempo, me asomé para ver lo que nos esperaba.

Había docenas de vehículos con las luces y motores encendidos justo afuera de la casa. Necesitaba a más hombres. Incluso si le daba un arma a Hazel, no sería suficiente. Me apresuré arriba de nuevo y abrí la puerta. Ella se encontraba en medio de la habitación, tirando de la sudadera y vistiéndose. La tomé por el brazo y la jalé para que viniera conmigo.

——Necesitamos sacarte de aquí. Esto es un baño de sangre.

No esperaría a que ellos vinieran y se la llevaran.

El tío Jeb disparó su arma. Necesitaba recargar con cada disparo, lo que nos hacía perder el tiempo. Las balas atravesaban la casa, rompiendo las paredes. Los hombres afuera no tenían escopetas o pistolas. Tenían armas semiautomáticas y no tenían que recargarlas tan seguido. Habían disparado la primera ronda hacia la planta baja. Ahora, después de recargar las armas, disparaban a lo loco al segundo piso, destrozando cada centímetro de la propiedad que podían y asegurándose de que no quedaran sobrevivientes.

Protegí a Hazel, cubriéndola con mi cuerpo mientras me ponía encima de ella sobre el piso. Fragmentos de madera y vidrio cortaron mi piel. Mis brazos ardían y había sangre goteando de mi mejilla. Ignoré el dolor. Todo lo que importaba era sacarla de aquí con vida. El fuego cesó y tomé a Hazel del brazo, levantándola. Ella tembló en mi agarre.

——Necesitamos movernos. ——La guie por las escaleras, tomándola de la mano y manteniéndola cerca de mí.

Los faros de los vehículos afuera iluminaban el interior de la casa a través de los agujeros de bala.

El tío Jeb se encontraba en el piso, desplomado. La sangre salía de su pecho y cuello y jadeaba, intentando respirar.

——Sácala... de aquí.

——¡Todo el mundo adentro! Revisen el lugar. La quiero viva o muerta ——Franco gritó sus órdenes a los hombres afuera.

Arrastré a Hazel conmigo hasta el cuarto de lavado. Había una puerta falsa debajo del piso.

Tiré de la tabla y abrí la escotilla.

——Entra.

Ella negó con la cabeza violentamente y se cruzó de brazos. Había estado temblando antes, pero ahora lo hacía incontrolablemente.

Pasé una mano por su mejilla. No había visto que estuviera sangrando, a excepción de unos cuantos cortes y rasguños por las esquirlas de bala.

——No puedo.

——Tienes que hacerlo. ——El tiempo se acababa. Necesitaba que se escondiera y luego tenía que cubrir la escotilla para protegerla. Ni siquiera tenía tiempo de pensar en como me las arreglaría contra los hombres mientras entraban a la casa.

——Soy claustrofóbica ——dijo ella.

——Mierda. Entonces tendrás que correr. ——Recé para que los hombres entraran a través de la puerta principal y la puerta trasera. Me apresuré hasta un lado de la casa, lejos de las puertas y utilicé mi codo para apartar los fragmentos de vidrio que no se habían roto completamente con el tiroteo.

No podía ver a ninguno de los hombres, pero podía oírlos. Ayudé a Hazel a través de la ventana junto con Bear, esperando que ella protegiera a Hazel.

Los hombres entraron en estampida a la casa y con sus armas en las manos. Me apresuré a salir de la habitación para no darles el paradero de Hazel a los hombres que la buscaban.

Un acento ruso fuerte se infiltró en la habitación.

——¿Dónde está ella?

El tío Jeb tosía y respiraba con dificultad. Podía escuchar cómo luchaba.

Rodeé la esquina de la habitación y me abracé a la pared, asomándome para ver cómo un hombre se paraba por encima de mi tío.

Otro hombre pateó a mi tío en el pecho, lo que hizo que le costara más respirar.

Levanté mi arma y disparé varias veces, dándole a los hombres antes correr a través de la casa oscurecida, escondiéndome de ellos en el comedor.

Las balas volaron a través de la casa, rasgando mi brazo y quemando como lava, lo que abrasó mi piel. Hice una mueca de dolor y mordí mi lengua para evitar gemir. Nadie podía saber dónde me escondía.

No era mi primera herida de bala, pero eso no significaba que doliera menos. La sangre salía de mi brazo, lo que hacía imposible utilizar ambas manos para apuntar y el bastardo le había disparado a mi brazo bueno.

——¡La tenemos! ——Una voz hizo eco desde afuera.

Di un traspié. ¿Por qué no se había defendido? No había escuchado más que un grito salir de sus labios.

Escuché como botas pesadas se retiraban de la casa, pero no antes de disparar una última ronda de balas. Me moví para protegerme. Una segunda bala me golpeó en el pecho, tirándome al piso, incapaz de moverme.

Traté de levantarme del suelo para pelear. Poco a poco, me arrastré desde el comedor hasta el pasillo. Dejaba un rastro de sangre a través del piso de madera a mi paso. No dejaría que Hazel fuese entregada a Franco. Escuché como las puertas de los autos se cerraban de golpe y las luces se desvanecen mientras los neumáticos rechinaban y se alejaban de la casa.

Ella se había ido y yo era culpable.

No había sido capaz de salvarla o protegerla.

VEINTE

Hazel

Me deslicé a través de la ventana rota.

Me lastimé los pies con el vidrio. Mis zapatos estaban junto a la puerta principal y no tenía manera de llegar a ellos antes de huir de la casa.

Corrí rápido y arduamente con Bear a mi lado a través del prado en la oscuridad. Se me hacía difícil respirar y tropecé con una roca, golpeando mi pie, lo que me hizo caer de boca sobre el suelo.

La tierra cubría mi cara y llenaba mi boca.

Escupí y tosí.

Los disparos se escuchaban desde la casa. Bear huyó, dejándome sola en el prado.

——Mason ——susurré, mirando a la casa destrozada. Aún permanecía en pie. El lugar lucía inestable gracias a los cientos de agujeros de bala que cubrían las paredes.

Necesitaba correr, pero mis pies estaban a carne viva y dolían. Mi corazón quería que salvara a Mason, pero la única manera de lograr eso era entregándome a Franco, y ni siquiera eso garantizaba la libertad de Mason.

Una linterna iluminó mi cara.

——¡Quieta! ¡Quédate donde estas! ——Me gritó alguien bruscamente.

Corrí, esperando que la oscuridad me ocultara, pero era una noche de luna llena.

Él lanzó un disparo de advertencia. La bala me rozó.

——¡Detente! No fallaré la próxima vez.

Me detuve abruptamente con las manos arriba.

——No dispares. Iré contigo. Solo deja en paz a mis amigos. ——No era un trato que pudiera hacer. No tenía nada con que respaldarlo. Él era el que tenía el arma apuntándome, pero aun así lo dije.

Él resopló, me tomó del brazo y me jaló para que lo siguiera antes de empujar el arma en mi espalda.

——Camina más rápido ——me ordenó. Él empezó a gritarle a los otros mientras nos acercábamos——. ¡La tenemos!

Le di un vistazo al brazalete dorado que colgaba de mi brazo y se ocultaba bajo la sudadera. Mason me encontraría, asumiendo que él seguía con vida. No podía permitirme pensar así. Él era un luchador, siempre lo había sido, incluso en el internado.

Los hombres abrieron fuego repetidamente, una nueva ronda de balas para la casa y los dos hombres en el interior.

El tío Jeb no lucía bien cuando había bajado las escaleras. Debimos habernos asegurado de que estaba bien, ayudarlo y meterlo en el escondite secreto debajo de la casa.

Mi estómago empezó a doler, destrozado por la culpa. Si me hubiera casado con Franco, nada de esto hubiera sucedido.

——Ahí está mi pequeño petardo ——dijo Franco abriéndose paso a través del pasto y viniendo por mí.

Quería huir, pero no podía moverme. El arma me apuntaba directamente en la columna. Mis pies palpitaban del dolor, lo que hacía difícil caminar.

Él tomó un puñado de mi cabello y jaló de él, moviendo mi cabeza bruscamente para que mi mirada enfrentara su expresión adusta.

——Ya no más correr, Hazel. La cacería ha terminado.

Él me arrastró por el cabello y me metió en la parte trasera de su limusina, deslizándose a mi lado.

——Ni siquiera pienses en escapar. Los seguros infantiles son una herramienta increíble. ——Sus piernas se extendieron, ocupando un asiento y parte del otro.

Me moví hacia el lado opuesto lo más cerca posible de la puerta, tratando de hacerme pequeña.

——Es una pena que mataras a esos hombres y a los agentes ——dijo Franco——. Nunca pensé que mi esposa se involucraría en los aspectos sucios del negocio, pero al parecer eres tan mala como yo.

——Yo no he matado a nadie.

Yo no era la asesina. Él no podía culparme por lo que él había hecho.

Franco se volteó hacia mí.

——Tu no crees eso. Sé tu manera de pensar. Eres más culpable que yo. Tú lo buscaste y decidiste el futuro de todos.

Me rozó la clavícula con su dedo y tocó el collar de oro blanco que mi padre me había dado y sostenía un medallón en forma de corazón con la fotografía de mi madre fallecida.

Él arrancó el collar de mi cuello, bajó la ventana y lo arrojó afuera a medida que nos alejábamos.

¡No!   ——dije   entrecortadamente,   sintiéndome desnuda y rota sin la cadena. No me la había quitado en años. Se había convertido en una parte de mí—— ¿Por qué? ——Grazné——. ¡Mi padre me la dio!

Las lágrimas amenazaban con salir. No había llorado con todo lo que había experimentado, pero el hecho de que había robado una parte de mí y la había tirado como si fuera basura. No podría soportar mucho más.

——Lo sé. ¿Cómo crees que te encontré? —— Preguntó él.

No lo entendía. Fruncí el ceño mientras él me miraba fijamente. Negué con la cabeza. ¿Iba a explicarme?

Franco estiró el brazo y lo puso alrededor de mis hombros. Tragué el nudo en mi garganta mientras él me apretaba contra él y sus labios rozaban mi oreja.

——Tu padre quería asegurarse de que estuvieras a salvo. ¿Cómo crees que fui capaz de encontrarte? ——Susurró.

Temblé y me alejé de él, saliendo de su agarre.

——¿El collar contenía un rastreador? Déjame ir.

No quería creerlo, pero entonces ¿cómo Franco había sido capaz de encontrarme? Mason no había llamado a nadie cuando nos fuimos de Breckenridge. Nos habíamos presentado sin anunciar en la granja de su tío en Dakota del Norte.

——Nunca te dejaré ir ——Franco susurró en mi oído.

Se me pusieron los pelos de punta.

Traté de sacudirme lejos de él, pero el agarre que tenía sobre mis hombros se apretó.

———

Conducimos durante la noche directamente hacia Chicago. Me mantuve lo más alejada posible de Franco en la parte trasera del auto. Después de un tiempo, su mano cayó de mi hombro y había sido capaz de relajarme y dormir a ratos.

El auto se detuvo y yo me removí, despertándome.

Froté mis ojos somnolientos y reconocí la mansión. Había pertenecido a mi padre antes de que muriera y se la dejara a Nikolai.

——¿Qué estamos haciendo aquí? ——Pregunté.

Franco no me respondió.

El chofer abrió la ventana, ingresó un código y procedió a pasar por la entrada principal antes de apagar el auto y salir.

Él le abrió la puerta a Franco.

Franco salió del auto y se acercó para tomarme del brazo y arrastrarme junto a él.

——Suéltame. ——Traté de sacudirme fuera de su agarre, pero él no me soltó.

No había a donde correr, incluso si lograba escapar. La valla de hierro forjado contenía virotes en la parte de arriba, lo que hacía imposible para cualquiera saltarla. Sin mencionar que mis pies estaban hinchados y heridos por el vidrio que había pisado anoche en mi intento por escapar.

Víctor, uno de los amigos más antiguos de mi padre, salió por la puerta principal y bajó las escaleras. Tenía el pelo escaso y canoso y era de contextura flaca en comparación con Franco.

——Nikolai no está aquí ——dijo Víctor.

——Bien. Lo esperaremos. ——Franco me soltó y yo di un paso hacia atrás para mantenerme lejos de su alcance.

Froté mis brazos magullados y me alejé del concreto para que mis pies doloridos se hundieron en el césped. No me importaba que estábamos en invierno.

La brisa helada me hizo sentir entumecida, lo que ayudaba a aliviar el dolor que me recorría el cuerpo, mi piel desnuda ardía.

——Podría pasar un tiempo antes de que él regrese. Nikolai se fue a Breckenridge cuando no pudo localizarte ——dijo Víctor.

Apreté los brazos contra mi pecho mientras temblaba y le daba un vistazo al auto. Al menos el auto y el asiento habían servido de refugio y consuelo.

¿Existía la posibilidad de que el chofer habría descuidado las llaves y yo pudiera robar el auto y huir?

Se vale soñar.

——Vengan adentro ——dijo Víctor——. Llamaré a Nikolai y le dejaré saber que ambos están aquí.

El chofer se metió de nuevo en el vehículo y encendió el motor, dejándome para que siguiera a Franco y a Víctor hasta el interior. Todavía no sabía por qué habíamos venido, pero sospechaba que Nikolai no estaría contento de verme.

Mi cuerpo estaba cubierto de sangre seca y podía ver manchas de sangre en mis manos, brazos y pies a la luz del día.

Subí cojeando las escaleras de madera hasta el vestíbulo.

Franco se acercó y olfateó mi cuello.

Yo hice una mueca de dolor y me estremecí, asqueada.

——Encuentra un baño. Mi esposa no lucirá tan mugrienta ——dijo él y me jaló por las caderas. Él me acercó y me apretó contra su cuerpo——. Aséate para mí. Me gustan las mujeres que huelen bien.

Quería vomitar.

——Llamaré a Nikolai. Franco, por favor, toma asiento. Siéntete como en casa ——dijo Víctor.

Aliviada de que Franco me soltara, me apresuré a salir de su agarre y a subir las escaleras. El dolor destrozaba mis pies, pero mantuve un ritmo rápido. Quería escapar y no sería capaz de correr con pequeños fragmentos de vidrio incrustados aun en las plantas de los pies.

La casa olía a vieja y a humedad. Si bien el interior no había cambiado mucho desde que Nikolai se apoderó de la propiedad, apestaba por su suciedad.

¿A cuántos hombres había asesinado dentro de la casa?

Cojeé hasta mi cuarto de la infancia y abrí la puerta de un tirón. Tropecé hasta adentro, mis pies dejando un sendero de sangre fresca en la alfombra impecablemente blanca.

Ignoré las manchas y el desastre mientras me acercaba a mi clóset. Había pasado muchas noches en esta habitación, no solo durante mi infancia.

Tomé un vestido de suéter y unos leggings negros de la cómoda, junto con ropa interior.

Me apresuré hasta el baño más cercano. Las puertas no tenían cerraduras, no había privacidad real, solo la ilusión de ella. Tenía que confiar en que nadie invadiría mi espacio personal. No había muebles que pudiera deslizar al frente de la puerta.

No había importado cuando era una niña viviendo en una casa enorme. Nadie había atravesado la puerta del baño, pero ahora, mi estómago dolía al pensar que Franco podría entrar a la fuerza cuando quisiera. Me desnudé y abrí la llave de la ducha, dejando que el vapor impregnara el baño mientras tomaba un par de pinzas del botiquín del baño. Me senté en la tapa del retrete y levanté una pierna a la vez para remover los pedazos de vidrio y otros restos enterrados en las plantas de mis pies.

Respiré profundamente por la boca, exhalando y haciendo una mueca mientras me sacaba las astillas de madera y fragmentos de vidrio que se habían clavado bajo mi piel.

——Uno menos ——dije. Trabajé con esmero en mi otro pie antes de entrar bajo el chorro caliente de la ducha.

Miré hacia abajo al agua como pasaba de cristalina a marrón y roja a medida que me limpiaba los restos de ayer.

Lo único que no podía limpiar era el dolor, la preocupación por Mason y su tío. No me había quitado el brazalete, manteniéndolo contra mi piel. Esperaba que fuera a prueba de agua porque ya era muy tarde. Lo había mojado en la ducha.

No podía quitármelo. ¿Qué si Franco entraba hecho una furia y tomaba mi ropa y el brazalete? No nos quedaríamos en esta casa por más que unas horas, o lo que sea que tardará Nikolai en regresar.

Habíamos conducido más de catorce horas, pero mi hermano tenía un avión privado. Suponía que volaría hasta Montana y volaría de regreso.

¿Por qué había ido hasta Breckenridge? ¿Qué esperaba conseguir? ¿Convencerme de regresar con él?

Mi hermano era el imbécil más grande del planeta y tenía complejo de Dios. Él también era la razón por la cual nunca fui a California. Mi padre había gastado el dinero destinado para pagar mi matrícula en Nikolai. Él también me dijo que era peligroso para mí el irme de Chicago y me mantuvo atrapada, pero no era una prisionera, no completamente.

Me dejaba ir y venir a la propiedad. Quería creer que era libre, pero era una farsa. El collar que él me había dado le mostraba mi paradero. Nunca estaba sola, incluso cuando quería estarlo.

Mi padre me había ayudado a conseguir mi primer trabajo luego de que terminé la secundaria. La mayoría de los empleos que alguien podía conseguir con solo un diploma de secundaria consistían en trabajos en tiendas o donde la paga era poca. Eran para principiantes y bastante tediosos.

El agua caía sobre mí, limpiándo de mis pecados. Abrí la botella de champú y eché una pequeña cantidad en mi mano antes de lavar mi cabello.

Nunca tuve un puesto de trabajo para principiantes. Quise ir a la universidad para estudiar diseño gráfico y mi padre me había dicho que enviara mi currículo a la empresa *West Marketing*. Había hecho exactamente eso y me habían contratado luego de mi primera entrevista como gerente de marketing.

Dos meses después, me ascendieron a directora de marketing cuando mi jefe desapareció misteriosamente.

Todo había sido sospechoso, en retrospectiva. Todos los empleados y clientes habían sido familiares o amigos de Nikolai, o socios de negocios de una manera u otra. No sabía eso cuando tenía dieciocho años.

Había sido ingenua y tonta al creer que todo lo que mi papi me decía era verdad.

Mi padre me había mentido y me había hecho creer que había conseguido un trabajo en una empresa prestigiosa justo al salir de la secundaria porque tenía un talento innato.

Enjuagué mi cabello y enjaboné cada centímetro de mi cuerpo.

La puerta del baño se abrió y una ráfaga de viento siguió al intruso.

——¡Fuera! ——Grité y me envolví apretadamente con la cortina de la ducha, escondiendo mi cuerpo y al brazalete.

La risa siniestra de Franco resonó en el baño.

——No tiene sentido que seas tímida conmigo. Vamos a ser marido y mujer.

——Sobre mi cadáver ——gruñí.

——Eso se puede arreglar. ——Él se acercó, invadiendo mi espacio personal y me tomó de la barbilla, forzándome a mirar a esos ojos oscuros y sin alma——. Has permanecido aquí el tiempo suficiente. Vístete y ven abajo.

Él me soltó.

Suspiré aliviada.

——Tienes cinco minutos. Un minuto más y sacaré la vara. Descubrirás la belleza de la disciplina y el sometimiento.

——Nunca me someteré a ti.

Franco me abofeteó con el dorso de la mano. Mi mejilla ardía y mis ojos se cerraron luego del shock inicial y el dolor. Nunca nadie me había golpeado antes, ciertamente no en la cara.

——Nunca es mucho tiempo. Tenemos el resto de nuestras vidas juntos ——dijo Franco, recordándome que era *suya*.

Su teléfono sonó dentro de sus pantalones y él dio un paso atrás.

Cerré la llave de la ducha y le hice un gesto para que saliera del baño.

——Nikolai, si, ya recuperé a tu hermana. Ella ha sido un pequeño petardo ——le dijo Franco al teléfono e hizo una pausa.

No me moví desde mi posición en la bañera. Seguía de pie con la cortina envuelta alrededor de mí, esperando que él saliera del baño para así tener algo de privacidad.

——Ya veo. Si, eso es correcto. Muy bien ——dijo él y sonrió——. Te veré pronto. ——Él colgó el teléfono y lo metió de regreso a su bolsillo.

——¡Fuera! ——Señalé a la puerta.

Sus ojos se estrecharon mientras se inclinaba más cerca, su aliento pútrido me golpeó en la cara.

——No acepto órdenes tuyas.

Él empujó sus labios sobre los míos, forzando su lengua en mi boca. Mantuve mis labios cerrados y traté de retroceder, pero no tenía mucho espacio para poder moverme con la cortina de la ducha pegada a mí. Él deslizó la mano bajo la cortina para agarrar mi seno.

——Debo inspeccionar bien la mercancía antes de comprarla ——dijo Franco con una sonrisa torcida ——. Has sido irritante. Debería asegurarme de que tendré exactamente por lo que he pagado.

VEINTIUNO

JAXSON

——Buenos días ——dijo Declan al entrar a mi oficina. Se apoyó en el borde de mi escritorio——. ¿En qué estás trabajando?

Solo le di un vistazo cuando entró.

Suspiré pesadamente y pasé una mano por mi cabello.

——Estoy intentando comunicarme con Mason. Después del día que tuvimos ayer, pensé que sería una buena idea intentarlo con el teléfono satelital.

——¿No contestó? ——Preguntó Declan. Frunció el ceño mientras se acercaba a ver lo que estaba haciendo en la computadora.

——No, no contestó. Si hubiera contestado cuando llamé, no estaría tan preocupado. Traté de llamar a su tío dado que estoy seguro que ahí es donde fue, pero él no contesta también.

——Estamos hablando del tío Jeb aquí. Eso no es sorprendente. El hombre probablemente arrancó su línea telefónica. Ya sabes lo paranoico que es. Has conocido al tipo.

Me alejé de mi escritorio y me levanté.

——Eso es cierto.

Salí de la oficina dando zancadas hasta el pasillo dónde se encontraba la cafetera. Necesitaba una taza de café bien cargado para poder pasar el día.

——Solo tengo un mal presentimiento. Mason debió de haberse reportado. No estoy feliz de que haya tomado a Hazel y se haya ido del pueblo sin decirnos nada.

Aiden salió al pasillo y se cruzó de brazos mientras se apoyaba en contra de su puerta abierta, escuchando y dando su opinión sobre lo que estábamos hablando.

——Podrías llamar al sheriff y hacer que compruebe como están.

——Eso saldría muy bien, especialmente con el tío Jeb ——dije.

Declan se sirvió una taza de café y la llevó hasta su escritorio.

——Puedo hackear las cámaras de vigilancia y ver si hay algo sospechoso.

Eso sería un comienzo al menos. No era algo que yo fuera capaz de hacer.

——Gracias ——dije.

Cinco minutos detrás de la computadora y Declan había hackeado las imágenes satelitales, enfocándose en la granja.

——Mierda ——murmuré en voz baja mientras miraba sobre su hombro. El exterior era un caos. Era difícil decir hasta que punto habían dañado a la granja, pero el lugar no lucía estable.

——Nos conseguiré un helicóptero ——dijo Aiden mientras se apresuraba hasta su oficina y empezaba a hacer llamadas.

El tener conexiones con las autoridades locales y estatales tenía sus beneficios. Teníamos unos cuantos amigos que eran parte de los federales, y aunque era usual que fuéramos nosotros los que le ayudábamos, esta vez éramos nosotros los que necesitábamos su ayuda.

Llamé al departamento del sheriff del condado donde estaban Mason y su tío. Ellos estaban enviando un equipo a comprobar la situación mientras nosotros arreglábamos el transporte hasta la escena.

———

Recibimos una llamada de la oficina del sheriff del condado en Dakota del Norte antes de que nuestro helicóptero llegara, donde nos informaba que habían llamado a los paramédicos y que habían encontrado dos cuerpos. Mason seguía con vida, pero su tío no lo había logrado.

——Mason quiere hablar contigo ——dijo el sheriff. Él había llamado utilizando el teléfono de Mason y encendió la cámara para que así pudiéramos hablar.

Salí de la habitación y me fui hasta mi oficina, dejando la puerta abierta.

——Es bueno verte Mason ——dije. Él lucía como si estuviera en el infierno; pálido y con los labios en una tonalidad azul, pero estaba consciente y respirando.

Él trató de hablar, pero no podía oírlo. Mason hablaba muy bajo en el teléfono como para que pudiera escucharlo.

——No te puedo oír, amigo. Todo estará bien. Ve con los paramédicos y déjalos hacer su trabajo. ——Traté de asegurarle que todo estaba bien.

Él lucía horrible. Tenía suerte de seguir con vida.

Él sheriff se inclinó para escuchar lo que Mason trataba de decirnos.

——Hazel lleva un rastreador.

Tomé un sorbo de mi café.

——Si, eso tiene sentido. Es así como probablemente pudieron encontrarlos.

Mason negó con la cabeza, eso no era lo que trataba de decir. Él le hizo un gesto al sheriff para que se acercara de nuevo. El video en el teléfono se movió, dándome un vistazo de la sangre y el daño a la propiedad. Mason había perdido una cantidad de sangre significativa, pero estaba respirando. Su corazón aun latía. Él era un luchador.

——Hazel tiene un brazalete que puedes rastrear. Él se lo dio para protegerla ——dijo el sheriff. Él frunció el ceño, mirando de Mason a mí. ——¿Qué son ustedes exactamente, chicos?

——Somos de *Eagle Tactical* ——dije. Ya le había dicho eso a la gente de su oficina cuando llamé para pedir su ayuda, pero o no había recibido el mensaje o no sabía quienes éramos——. Mason, recuperaremos a Hazel. Deja que los médicos cuiden de ti. Mejórate, ¿Está bien?

Lo visitaríamos cuando Hazel estuviera a salvo y lejos del peligro.

Colgué el teléfono y me apresuré hasta la oficina de Declan.

——Ya lo sé todo ——dijo Declan antes de que pudiera darle el mensaje——. Ya estoy revisando el brazalete y rastreando la ubicación de Hazel. Mierda. ——Él miró de la pantalla a mí——. Ella está de vuelta en Chicago.

——Obtén la dirección. Llamaré a Colton Carr y veré si él puede llegar hasta ella con su equipo antes que nosotros ——Tomé mi abrigo y engullí lo último de mi café.

——¿Qué pasa con Izzie? ——Preguntó Declan——. ¿Quizás deberíamos enviar a Aiden y Lincoln?

——Lincoln está ocupado con la aseguradora después de lo que los bastardos le hicieron al restaurante ——dijo Aiden desde el pasillo. Sus botas hicieron un ruido sordo mientras se apresuraba a entrar a la oficina junto con nosotros——. Iré contigo. Necesitamos al menos un equipo de dos hombres.

Me reí entre dientes. Dudaba de que dos de nosotros y agentes del Cuerpo de Alguaciles serían suficientes para derrotar a la mafia rusa en Chicago y rescatar a Hazel.

——Declan, quédate aquí y rastrea el paradero de Hazel. Aiden, llama a Lincoln y dile que lo necesitamos tan pronto como sea posible. Ofrécele un trabajo a tiempo completo de nuevo. Necesitamos de toda la ayuda que podamos obtener ——murmuré en voz baja.

Declan me dio un vistazo. Su voz era tentativa.

——Podemos llamar a Jayden. Sé que no es lo ideal, pero nos vendría bien más hombres.

——Por supuesto que no. ——No estaba invitando a un miembro de Los Marginados a nuestro equipo. Jayden podría haber sido uno de nosotros en el ejército, nuestra unidad y nuestro equipo, pero él los había elegido a ellos sobre nosotros——. Ellos fueron los responsables de la toma de rehenes en el complejo ayer.

——No sabes si Jayden formó parte de eso; todos los involucrados usaban máscaras ——dijo Declan.

——¿Por qué lo estás defendiendo? ——Pregunté——. Y no todos los involucrados usaban máscaras. Emma estuvo ahí, Jayden también. Lo desnudé y robé su ropa.

——Mierda. No nos habías dicho eso. ——Aiden rio ——. Me habría gustado ver eso. ¿No tomaste una foto?

Rodé los ojos y tomé las llaves de mi camioneta sobre el escritorio.

——No tuve tiempo. Que malo, ¿cierto? Me dirijo hacia el hangar. Llamaré a Carr en el camino. ¿Vienes, Aiden? ——Pregunté.

——No desaprovecharé la oportunidad de patear algunos traseros. Déjame llamar a Lincoln mientras vamos en el auto.

——Mierda. Necesito llamar a Ariella también. Le dije que recogería el almuerzo y la traería conmigo de vuelta a la oficina. ——Eso no sucedería. Tal vez ella conseguiría que Skylar la llevara al complejo turístico para que recogiera su auto. Si no era así, la llevaría mañana o cuando regresara a casa.

————

Lincoln, Aiden y yo nos reunimos en Chicago con Colton Carr y su equipo del Cuerpo de Alguaciles, junto con el FBI.

Ella sigue en la propiedad ——dijo Declan.

Él reenvió su ubicación a mi teléfono.

Examiné la pantalla de mi teléfono y noté como un pequeño punto rojo titilaba mientras se movía de un lado a otro.

No estaba seguro de si era su ubicación aproximada o si de hecho ella se estaba moviendo, pero teníamos su paradero mientras ella mantuviera su brazalete puesto.

——Tenemos un equipo listo para ir ——dijo el agente Bishop. Él vestía de traje y su equipo de SWAT rodeaba el perímetro.

Nosotros nos encontrábamos justo afuera del centro de operaciones, un vehículo oculto y ubicado a un lado de la carretera, a la vuelta de la esquina.

Una mujer joven de cabello largo rubio y usando un chaleco antibalas, entró rápidamente al puesto de comando.

——Tengo el lugar completamente vigilado. Deberías tener la señal en cualquier momento.

Ella se sentó enfrente del monitor y ajustó la frecuencia, obteniendo la señal de video y audio de Hazel.

——Esa es ella. Ese es nuestro objetivo a rescatar —— dije, confirmándolo.

——El equipo SWAT entrará primero ——dijo el agente Bishop. Él era alto y larguirucho. Él seguramente nunca podría pasar un día en el ejército, pero daba órdenes con autoridad.

——Bien ——dijo Lincoln.

Él estaba detrás de mí con los brazos cruzados; no se había movido ni un centímetro, ni siquiera para salir del paso de los agentes mientras iban y venían, lo que hacía que tuvieran que apretujarse contra él y el estrecho pasillo.

——¿Tenemos imágenes de Nikolai Agron? —— Pregunté.

——Todavía no ——dijo el Agente Bishop——. Comprobamos que Franco Ivanov está ahí, junto con otro hombre al que estamos buscando en nuestra base de datos. También están varios miembros del personal, pero parece que las personas clave de la mafia no están en el lugar.

——Aparte de Franco ——dije. Él era una de las personas clave y aunque él no era el jefe de la mafia, era el segundo al mando y la razón por la que estábamos aquí.

El agente Bishop vigilaba desde la pantalla mientras daba órdenes a sus compañeros. Ellos entraron al perímetro de la propiedad y se acercaron a ésta.

——Esperen hasta que vea que todo está despejado para entrar.

Miré a la pantalla por encima de su hombro. Ellos esperaban a que Hazel estuviera fuera del peligro inmediato.

Ella no estaba cerca del vestíbulo. Les tomaría unos cuantos segundos luego de irrumpir en la casa para llegar hasta la habitación donde ella se encontraba.

El tiempo suficiente para dispararle o tomarla como rehén y amenazar su vida.

Odiaba estar detrás de una pantalla, incapaz de ser parte de la acción.

Mis manos se convirtieron en puños.

Franco salió de la habitación, dejando a Hazel con el hombre sin identificar en la casa.

——¡Ahora! ——Ordenó el Agente Bishop mientras el equipo SWAT rompía la puerta principal y se precipitaron dentro, apuntando con sus armas y anunciando su presencia.

Los disparos empezaron a volar desde todos lados. Temblé y tragué la bilis que subía por mi garganta. Estaba acostumbrado a estar en el medio de la acción, no a ver lo que sucedía desde un monitor. Fue doloroso saber que no había nada que pudiera hacer para ayudar.

Quería ir afuera y ser parte de la acción, pero eso no era una opción. El agente Bishop había dejado en claro que nos permitían estar en el puesto de comando como cortesía a Colton Carr. Caminé a lo largo del pequeño tráiler, incapaz de quedarme quieto mientras mantenía mi vista en los monitores y cámaras de seguridad alrededor de la propiedad.

Una de las cámaras se quedó sin imagen, pero el audio seguía funcionando, lo que hacía todo casi peor con el sonido de los disparos y gritos desgarradores.

Me apreté el puente de la nariz, empujando los recuerdos de mi tiempo fuera del país con el ejército.

Los horrores surgían al sonido de los hombres gritando.

No había mucho que pudiera hacer, así que solo esperé junto a Aiden y Lincoln. El equipo SWAT arrestó a Franco, así como a otros individuos en la casa antes de traer a Hazel afuera.

Me apresuré a salir del puesto de comando con Aiden y Lincoln detrás de mí.

Sus ojos estaban hinchados y enrojecidos y sus mejillas sonrojadas. Ella salió y se las arregló para salir del agarre de los agentes armados cuando nos vio. Frunció el ceño y las lágrimas brotaron de sus ojos.

——Mason ——susurró.

Una sola palabra y entendí todos los miedos que probablemente la inundaban.

——Lo encontramos a tiempo. Está en el hospital ——dije.

Habíamos llamado y verificado que estuviera bien al momento que llegamos a Chicago para asegurarnos de que no hubiera desmejorado.

——Él está estable ——dije, esperando que eso la tranquilizara.

Ella lanzó un profundo suspiro.

——Gracias.

El agente Bishop llegó desde detrás.

——Tenemos que hacerle unas preguntas a Hazel ——dijo él.

——Seguro. Responderé todo lo que pueda. —— Hazel envolvió sus brazos alrededor del pecho.

Aiden tomó una manta de emergencia del puesto de comando y la puso sobre los hombros de Hazel.

——Gracias ——dijo ella.

El agente Bishop asintió agradecido hacia Aiden antes de volver su atención a Hazel.

——¿Sabes en dónde está tu hermano Nikolai ahora mismo? Sabemos que esta es su propiedad.

——Esperábamos que él regresara a casa. Él estaba en Breckenridge, buscándome. ——Ella suspiró pesadamente y miró al suelo——. Él ya debería haber regresado.

Giré sobre mis talones, notando que el camino había sido cerrado. Él probablemente había estado en camino cuando vio a nuestros agentes.

——¿Él no llamó a Franco mientras estabas en la casa? ——Pregunté.

Hazel negó con la cabeza.

——Franco estaba enfocado en mí. ——Ella limpió las lágrimas tan pronto como le recorrieron la mejilla ——. Víctor fue el que lo llamó, no Franco, pero ellos si hablaron por teléfono. No sé que hablaron, yo estaba en la ducha en ese momento. ¿Podemos terminar? Quiero ir y ver a Mason.

El agente Bishop anotó la pequeña información que Hazel le pudo dar.

——Si, por supuesto. Creo que deberíamos ponerte en custodia preventiva. Con tu hermano suelto y siendo el jefe de la mafia, es solo cuestión de tiempo hasta que te encuentre.

——Nosotros la protegeremos ——dije. Hazel nos había llamado, y sin lugar a dudas, era lo que Mason quería para ella.

——¿Estás segura de que eso es lo que quieres, Hazel? ——Preguntó el agente Bishop——. Tenemos un refugio al que podemos llevarte, darte una nueva identidad y asegurar que estes a salvo.

Levantó la mirada y se encontró con la mirada endurecida del agente Bishop.

——Aunque aprecio mucho la oferta, el Cuerpo de Alguaciles no fue capaz de protegerme. Dudo que ustedes también puedan. Me arriesgaré con *Eagle Tactical*. Además, quiero ver a Mason.

——Te das cuenta que ahí es donde se dirige Nikolai, la persona con la que él sabe que quieres estar —— dijo el agente Bishop.

——Usted tiene el número de teléfono de *Eagle Tactical*. Si necesita algo de mí, los puede contactar a ellos hasta que pueda reemplazar mi teléfono, dijo Hazel.

——Muy bien ——dijo el agente Bishop antes de dirigirse de nuevo al puesto de comando, su operación terminada.

Lincoln se acercó a Hazel, levantando su barbilla.

——Te llevaremos hasta Mason si eso es lo que quieres, pero tu hermano sigue suelto. El agente Bishop tiene razón; te estamos poniendo en peligro si te llevamos hasta él. Necesitas estar consciente del riesgo.

Mi teléfono vibró en mi bolsillo.

Abrí mi chaqueta y tomé mi teléfono, dándole un vistazo al identificador de llamadas y reconociendo el número de teléfono de Ariella.

——Hola, justo estamos terminando aquí en Chicago ——dije, contestando el teléfono.

——Jaxson. Necesitas venir a casa. ——Ariella no sonaba como ella misma.

——¿Qué está mal? ¿Izzie está bien?

——Es Nikolai. Él está aquí y...

La línea se desconectó.

VEINTIDÓS

ARIELLA

——Izzie, ¿tenemos que jugar a las escondidas de nuevo? ——Pregunté, exasperada.

Adoraba a la hija de Jaxson, pero ella era un bulto lleno de energía y ya se había escondido una docena de veces. No entendía que debíamos turnarnos y a ella le gustaba esconderse en el mismo lugar todo el tiempo.

El timbre de la puerta interrumpió nuestro juego.

Me dirigí hacia la puerta principal e intenté dar un vistazo a través de la mirilla, pero estaba muy alto para mí. Claramente había sido diseñado especialmente para Jaxson.

Abrí la puerta y Emma estaba del otro lado, temblando y cubierta de sangre. Su cabello estaba húmedo y su ropa sucia y hecha jirones.

Llovía a mares afuera y la temperatura solo estaba a unos cuantos grados por encima del punto de congelamiento.

——Pasa ——le dije, guiándola hasta el interior y desconectando la alarma. Jaxson me había dado un segundo código que tenía que usar mientras él no estuviera.

Sus dientes castañeaban y se frotó los brazos en un intento de entrar en calor.

——¿Qué sucedió? ——Cerré la puerta con llave detrás de ella y activé la alarma. Ella lucía como si un oso la hubiera atacado.

La miré de los pies a la cabeza. Tal vez no era tan malo. Ella aún tenía sus brazos y piernas, pero lucía en malas condiciones.

——Estaba en mi casa y él comenzó a disparar.

——¿Quién comenzó a disparar? ——Saqué mi teléfono——. Necesitamos llamar a la policía.

Sus ojos se ampliaron y se volvieron frenéticos.

——Sin policías.

Ella puso la mano en mi teléfono, sus dedos húmedos haciendo un desastre en mi dispositivo. Lo limpié antes de meterlo nuevamente dentro de mi bolsillo por ahora.

——Si alguien irrumpió en tu casa y comenzó a disparar, necesitamos llamar al sheriff ——dije.

——¿Ella? ——Dijo Izzie, tratando de usar mi nombre. Era lindo y divertido, considerando que ella podía decir "Ariel" y "Ella" pero se rehusaba a juntar los dos nombres. No me importaba el apodo para ser honesta.

Era adorable.

Levanté a Izzie, sosteniéndola en mis brazos y protegiéndola de Emma.

Emma no lucía bien y el hecho de que no me dejara llamar a la policía me tenía preocupada de que ella no estaba siendo ella misma. Ella miró fijamente a Isabella, embelesada por la niña, su hija biológica. ¿Cuándo fue la última vez que la había visto? ¿Había sido cuando la trajo y la dejó con Jaxson?

Había escuchado la historia de Jaxson de como Emma había tenido la intención de darla en adopción y le pidió que renunciara a sus derechos como padre, pero nunca la escuché hablar de ello, nunca.

La mirada triste y larga que le daba a Izzie, hizo que mi estómago se convirtiera en nudos. Puse a Izzie cuidadosamente en el sofá y tomé a Emma del brazo y la arrastré hasta la cocina.

——¿Qué diablos está sucediendo? ——Pregunté, me paré frente a Emma, así ésta le daba la espalda a Izzie y yo podía vigilar a la niña.

——Él vino y mató a todo el mundo. ——La piel usualmente de porcelana de Emma, lucía ahora enfermizamente pálida. El sudor relucía de su frente.

Fui por un trapo limpio y lo humedecí en el fregadero, añadiendo un poco de jabón y haciendo espuma con él para ayudarla a limpiar las abrasiones de su frente. Sin embargo, ella necesitaba de una ducha y ropa limpia.

——¿Quién vino? ——Pregunté, tratando de que hablara. Quería saber lo que había ocurrido.

¿Eran los hombres que andaban detrás de Hazel? ¿Por qué irían a la casa de Emma? Las dos mujeres no lucían similares en lo absoluto. No la habrían confundido con Hazel.

——La jodí espectacularmente. ——Emma se pasó un dedo por la nariz. Sus ojos estaban enrojecidos y rebosantes de lágrimas.

Alcancé su mano para darle un apretón tranquilizador.

——Estoy segura de que lo que sea que hiciste puede ser arreglado.

——No lo creo. Ellos están muertos por mi culpa.

Si bien no conocía bien a Emma, no creía que fuera capaz de matar a alguien. Habíamos trabajado juntas por un tiempo en el complejo y éramos amigas. Y aunque, no nos habíamos visto mucho últimamente, no podía creer que ella hubiera hecho algo tan terrible. Tenía que estar exagerando, ¿no es así?

——¿Quiénes murieron? ——Necesitaba que se abriera y confiara en mí.

Ella se limpió las lágrimas y yo le ofrecí una toalla de papel para que secara sus ojos.

——Gracias ——dijo entre sollozos——. Todos ellos. O eso creo, al menos. Hui por la puerta trasera mientras ellos le disparaban al recinto.

No entendía qué quería decir.

——¿El recinto? ¿No vivías en una de las cabañas cerca del complejo turístico?

——Solo me quedé en ese lugar mientras me entrevistaban para el trabajo. He estado viviendo con los tipos de allá arriba ——dijo Emma e hizo un gesto hacia la montaña del norte.

Mi voz se quedó atascada en mi garganta.

——¿Los Marginados? ——Jaxson me había advertido que me mantuviera lejos de ellos y de la entrada a su recinto.

Emma se secó suavemente los ojos con la toalla de papel.

Saqué mi teléfono y le marqué a la policía local, dejándoles saber quien era, que trabajaba para *Eagle Tactical* y lo que Emma había presenciado. Si lo que Emma decía era verdad, ellos necesitarían de un equipo para registrar al lugar en busca de sobrevivientes.

Ellos habrían llamado a Jaxson junto con el resto de los chicos de Eagle Tactical si hubieran estado en la ciudad. Lo llamaría luego de que las cosas se hubieran calmado un poco. No había razón para preocuparle. Él estaba ocupado en Chicago.

———

El departamento de policía nos visitó luego de revisar el recinto.

——Emma necesito que vayas con nosotros para tomar tu declaración formal.

Emma alcanzó mi mano.

——¿Vendrías conmigo?

——Por supuesto. Déjame abrigar a Izzie y luego podemos seguirte hasta la estación ——dije. No podía decir que no. Ella estaba susceptible. Sabía cómo se sentía que tu mundo se derrumbara a tu alrededor.

Tomé un refrigerio de la máquina expendedora en la estación de policía para Izzie, mientras íbamos a una sala diferente.

——Vengan conmigo. ——El sheriff abrió la puerta a una habitación conjunta y encendió la luz——. Podrán ver y oír todo. Pónganse cómodas. Esperemos que esto no tome demasiado tiempo.

¿Usualmente dejaba que la gente observara cuando se daban declaraciones?

¿Me había dado un tratamiento especial porque sabía que trabajaba para *Eagle Tactical*?

Dejé que Izzie se sentara en la mesa de espaldas a la ventana de cristal mientras observaba a través del espejo falso.

El sheriff entró a la habitación con Emma y cerró la puerta.

——¿Puedo ofrecerte algo de beber? ¿Café? ¿Agua?

——No, gracias. ——Emma se sentó y apoyó las manos sobre la mesa de metal. Ella lucía increíblemente calmada después de todo lo que había ocurrido, pero ella solo estaba conmocionada, ¿no es así?

Él agarró un bloc de notas y un bolígrafo.

——¿Puedes decirme qué fue lo que sucedió hoy?

Emma suspiró con pesadez.

——Si. ——Ella miró de la mesa al sheriff——. Estaba en casa, en el recinto, cuando dos hombres armados entraron y comenzaron a disparar a todo el mundo.

——¿Conoces a alguno de esos hombres? —— Preguntó el sheriff.

——Nunca los había visto antes.

——¿Estás segura? ¿Puedes recordar si los has visto en el complejo turístico?

Ella negó con la cabeza.

——No, nunca los había visto en el complejo o en cualquier otro lugar antes. No son de aquí.

Él exhaló pesadamente a través de su nariz.

——Interesante. ¿Puedes decirme algo más? Como, por ejemplo, ¿qué hizo que dos hombres, que nunca habían estado en el complejo o posiblemente en este pueblo, vinieran hasta tu casa y ejecutaran a todo el mundo?

Emma no respondió. Mi boca se secó y mis manos temblaban. Envolví la cintura de Izzie con mis brazos, sujetándola sobre la mesa y ofreciéndole una sonrisa débil. ¿Qué estaba escondiendo Emma?

El sheriff tomó su teléfono de su bolsillo y se desplazó a través de él antes de ponerlo en la mesa para que Emma lo viera.

——¿Sabes lo que muestra el video? ——Preguntó el sheriff.

Emma negó con la cabeza. Se movió en la silla de metal, con su cabeza agachada y mirando a la pantalla del teléfono.

El sheriff seguramente había empezado a reproducir el video. No alcanzaba a verlo y el sonido estaba muy bajo como para que lo escuchara. Le hice una trenza a Izzie, tratando de distraerme del peso de lo acontecido a través del cristal. Quizás Izzie y yo debimos irnos. Emma había querido que estuviésemos presentes para apoyarla, pero no estaba segura de querer saber si ella estaba involucrada.

——Esa eres tú en las cámaras de seguridad ——dijo el sheriff——. Fuiste parte del grupo que secuestró al complejo y mantuvo a setenta y tres personas como rehenes.

Emma frunció los labios y se cruzó de brazos.

——Yo fui víctima.

——Eso no es lo que yo veo. ¿Qué acerca de este video? ——Él tocó su teléfono y un momento después, otro clip empezó a reproducirse en la sala de interrogación.

Una vez más, no podía escuchar lo que se decía, pero mi pecho dolía mientras se me hacía más difícil respirar.

——Dime exactamente qué sucedió ——dijo el sheriff——, y tal vez no te arrestaremos por asesinato.

El silencio llenó la sala por largos e interminables segundos antes de que ella finalmente se aclarara la garganta para responder.

——Siempre trabajé en la recepción del complejo turístico *Blue Sky*. Mi trabajo consistía en registrar a los huéspedes y tomar las reservaciones. Imagine mi sorpresa cuando un cazatalentos de Hollywood reservó una habitación. No planeé nada de ello. Tiene que creerme.

Él tomó nota mientras ella hablaba.

——¿Cómo supiste que el cliente era un cazatalentos?

——Solía vivir en Los Ángeles. Trabajé en un estudio y era la asistente personal del señor Joseph Kensington. Él era mi jefe ——dijo Emma. Ella suspiró pesadamente——. Él también era un imbécil, debo agregar. A él le gustaba coquetear con todas las empleadas, incluyéndome. Él me dijo que fuera a su oficina en una ocasión cuando la puerta estaba cerrada. Él tenía un baño privado y estaba masturbándose cuando entré.

——Así que, ¿pensaste que sería una buena idea tomarlo como rehén a él y otros huéspedes del complejo turístico?

Emma se frotó los ojos.

——Esa no fue mi idea. ——Ella puso las manos sobre la mesa, pasando los dedos sobre el metal——. Le había mencionado a Ian lo que mi jefe había hecho y como me habían despedido del trabajo. Él me dijo que nadie saldría herido. Que sus amigos se asegurarían de que Kensington nunca molestara a alguien más. Ellos iban a golpearlo un poco y luego robarían su habitación de hotel. Pensamos que probablemente llevaba unos cuantos miles de dólares en efectivo consigo. No se suponía que fuera la gran cosa. Ian llevó las cosas demasiado lejos.

——¿Ian tiene un apellido?

Ella se lamió el labio superior con la lengua.

——Si. Ian Connor.

Se sentía como si el aire hubiera sido succionado de mis pulmones. ¿Emma estaba involucrada en la toma de rehenes? La habitación dio vueltas y caí sentada en la silla.

——¿Ella? ——Susurró Izzie, mirándome. Ella tocó mi mejilla, sentada sobre la mesa por encima de mí.

Alcancé la mano de Isabella y le di un beso. No quería preocuparla. Traté de ignorar la voz de Emma al otro lado de la habitación, pero no tenía sentido. Podía oír todo lo que ella decía, y mientras más hablaba, menos arrepentida sonaba.

——Eso aun no nos lleva hasta la parte de los hombres que atacaron el recinto, pero creo que ambos casos están relacionados. ——El sheriff tomó su archivo y lo hojeó, revelando una serie de fotografías——. ¿Reconoces a alguno de estos hombres?

Ella empujó el archivo lejos de ella, hacia el sheriff.

——No. ¿Debería?

——Estos fueron rehenes en el complejo turístico. Algunos de ellos pudieron haber querido vengarse de sus captores. Dos de los hombres son conocidos por ser parte del crimen organizado de Chicago. —— Él hojeaba varias fotografías y deslizó una de ellas a través de la mesa——. Echa otro vistazo.

Emma exhaló pesadamente por la nariz.

——Si. Los vi en el complejo turístico. Ellos estaban sentados enfrente de mí en el pasillo cuando estaba retenida junto a los otros rehenes, pero ellos no son los hombres que irrumpieron en el recinto hoy.

——¿Viste quienes dispararon?

——No los reconocí, pero si los vi largo y tendido justo antes de salir corriendo. Ellos podrían ser amigos de esos sujetos ——ella le dio un golpecito a la foto——. Pero no fueron ellos. ¿Revisó las cámaras de seguridad del recinto?

El sheriff deslizó su silla hacia atrás, las patas rechinaban con sus movimientos.

——¿Qué cámaras de seguridad?

——Jayden puso cámaras alrededor del perímetro. Pensé que era estúpido y un desperdicio de dinero, pero ¿quizá pueda ayudarle a atrapar a los hombres que hicieron esto?

Sus ojos se estrecharon.

——Traeré a un dibujante para que trabaje contigo y dibuje una representación de los hombres que atacaron al recinto. ¿Puedes hacer eso por nosotros?

——Si, claro. ——Emma torció su cabello con el dedo ——. ¿Puedo tener una botella de agua y algo de comer? Estoy hambrienta.

Me levanté, incapaz de soportar más de las ridiculeces de Emma.

Le puse a Izzie su abrigo de invierno y la llevé en brazos fuera de la estación de policía hasta mi auto. Afortunadamente, lo había recogido más temprano esta tarde cuando Skylar se había ido al trabajo.

Abrí la puerta trasera y la puse en la silla infantil que había instalado. Jaxson tenía una de sobra en la casa, lo cual había sido de utilidad. Luego de que ya tenía puesto el cinturón de seguridad, me fui hasta el asiento delantero, encendí el auto y le mandé un mensaje de texto a Skylar.

Estoy llevando a Izzie conmigo a visitar a Mason. Él está en el hospital. Regresaremos a casa tarde.

No di más explicaciones. Si ella tenía preguntas, podía llamarme. Busqué el hospital adonde habían llevado a Mason y los llamé para asegurarme de que él podía recibir visitas.

Al parecer, él había sido aerotransportado a Sanford Health, un centro de trauma de primer nivel que quedaba a diez horas de Breckenridge.

——¡Maldición!

Izzie repitió lo que dije.

——Maldición. Maldición. Maldición.

Suspiré larga y pesadamente. Mierda. No podía enojarme con ella; ella no entendía lo que estaba haciendo cuando me imitaba. Con suerte, dejaría de decir "maldición" antes de que Jaxson regresara a Casa.

¿Cuándo regresaría? Encendí el auto y salí del aparcamiento de la estación de policía y me dirigí a casa con Izzie.

——Supongo que solo seremos tú y yo. ——Al menos hasta que Skylar regresara a casa. Tenía la impresión de que no le agradaba a ella, pero no estaba segura de por qué.

Conducimos de regreso a la casa de Jaxson. Cada parte de mí estaba agotada. Estaba lista para irme a la cama, pero aun tenía que hacer la cena. Cargué a Izzie hasta la casa y la bajé hasta el porche mientras buscaba las llaves. Mientras las tomaba de mi bolso, mi mirada se dirigió hasta la puerta.

Mierda.

La puerta de entrada estaba entreabierta. No la había dejado abierta. La había cerrado con llave antes de irme y no había rastro de Skylar. La alarma no estaba activada, o al menos no había sonado por lo que podía suponer.

¿Había recordado activarla cuando nos fuimos?

Levanté a Izzie entre mis brazos y retrocedí, chocando contra un hombre que había llegado desde el otro lado de la casa. Sentí como me apuntaba con su arma en la espalda.

——Bienvenida a casa ——dijo él con voz plana y calmada, casi un poco demasiado amigable. ¿Era porque estaba cargando a Izzie?

——¿Qué quieres? ——Bajé a Izzie, poniéndola de pie sobre el suelo. No quería que ella viera sobre mi hombro como el hombre me apuntaba con el arma.

——Vamos adentro y charlemos un poco.

Izzie entró a la casa y encendí la luz.

——¿Es eso realmente necesario? ——Pregunté, haciendo un gesto hacia el arma——. Hay una niña presente. ¿Necesitamos traumatizarla?

——Llama al sujeto de *Eagle Tactical*. ¿Cuál es su nombre?

——No se de lo que estás hablando ——dije, haciéndome la tonta.

Él entró a la casa conmigo y cerró la puerta.

——Llama a tu jefe. Dile que Nikolai está aquí y quiere hacer un trato.

Saqué mi teléfono lentamente y le marqué a Jaxson.

——No sé si vaya a contestar el teléfono. Él no está en el pueblo. ——No quería tener que explicarle sobre su vuelo o los detalles de la misión.

——Hola, justo estamos terminando aquí en Chicago. ——Su voz parecía alegre, tranquila y sin preocupaciones. Quería preguntarle si todo había salido bien, pero no podía, no con el extraño en la casa.

Hablé lenta y claramente, tratando de no entrar en pánico.

——Jaxson. ——Al menos ya no me apuntaba con el arma, lo que me daba la oportunidad de defenderme. El único problema era Izzie; no quería arriesgar su vida——. Necesitas venir a casa.

——¿Qué está mal? ¿Izzie está bien? ——Preguntó Jaxson.

Nikolai no la había tocado, pero eso no significaba que no lo hiciera. La protegería hasta el final, pero ¿qué bien le haría a Izzie si me mataban?

Mi mirada se movió de Izzie al hombre que nos mantenía cautivas en la casa de Jaxson.

——Es Nikolai. Él está aquí y quiere hacer un trato.

No hubo respuesta.

——¿Jaxson? ——Quité el teléfono de mi oído para ver la pantalla——. Genial ——murmuré en voz baja.

——¿Qué? ——Preguntó Nikolai mientras se acercaba más, amenazador.

——La llamada se cayó. ——Le mostré mi teléfono a Nikolai. No había colgado y estaba segura de que Jaxson no había colgado tampoco.

——Llámalo de nuevo.

No tenía señal.

——No tengo señal.

Nikolai empujó su teléfono hacia mí.

——Llámalo ——ordenó.

Marqué el número de Jaxson y suspiré de alivio cuando contestó.

——¿Ariella?

——Si. Nikolai está aquí. Él tiene un mensaje que darte.

Nikolai arrancó el teléfono de mis manos, habiendo perdido la paciencia conmigo.

——Sé que tienes a mi hermana, Hazel.

Él me miró fijamente, sus ojos recorriendo mi cuerpo antes de darle un vistazo a Izzie.

——Tráemela o tendrás que escoger un ataúd para la niña.

VEINTITRÉS

JAXSON

——¡Lo mataré! ——Grité, mirando a mi teléfono. El bastardo había amenazado la vida de mi hija y luego, como un cobarde, había colgado.

Lincoln puso una mano sobre mi brazo.

——No vamos a dejar que nada le suceda a Izzie y sabemos que Ariella está con ella. Ella la protegerá. ¿Cuál es el plan?

No podía pensar claramente. Mi corazón latía furiosamente contra las paredes de mi caja torácica, tratando de salir de lo que lo aprisionaba. Salí rápidamente hasta nuestro auto que se encontraba estacionado del otro lado del asedio.

——Alguien le informó a Nikolai ——dije.

Lincoln, Hazel y Aiden me siguieron. Lincoln sacó las llaves del auto rentado de su bolsillo, mientras Hazel se mantuvo a mi ritmo, caminando a mi lado.

——¿Crees que fue Franco? ——Preguntó Lincoln. Él presionó el botón del control remoto para abrir el auto.

Me apresuré a meterme en el auto.

——Lo dudo ——dijo Hazel. Ella abrió la puerta y se metió en el asiento trasero. ——Franco estaba convencido de que Nikolai había planeado volar a casa cuando descubrió que yo estaba en Chicago. Estábamos esperando que él regresara. Pensé que él estaba en camino.

Lincoln y Aiden se metieron en el auto. Lincoln encendió el auto y salió del vecindario hacia el aeropuerto.

——¿Quién más sabía que estabas en Chicago? —— Pregunté y me di la vuelta para enfrentarla. No creía que ella me estuviera mintiendo, pero tampoco estaba seguro de lo que estaba ocurriendo. ¿Por qué diablos estaba Nikolai en mi casa amenazando a mi hija y a Ariella?

——¿Acaso importa? ——Preguntó Lincoln——. Necesitamos idear un plan. Llamaré a Declan y le dejaré saber lo que está sucediendo. Él podría mantener a tu casa bajo vigilancia. Tal vez pueda infiltrarse dentro o al menos decirnos a cuantos hombres nos estamos enfrentando.

——Son Nikolai y su chofer, Sacha, al menos ——dijo Hazel——. Ellos van juntos a todas partes. Estoy sorprendida de que Nikolai no quisiera que me casara con él. ——Ella cambió de posición en su asiento y miró a través de la ventana.

——¿Puedes ir más rápido? ——Pregunté, mirando a Lincoln. El tráfico tal vez no era culpa de Lincoln, pero definitivamente no íbamos por la mejor ruta. No estaba familiarizado con Chicago, pero tenía que haber otra manera de llegar al aeropuerto.

———

Conducir hasta el aeropuerto había sido tedioso, pero no tanto como el vuelo a casa. Teníamos un avión privado, pero eso no significaba que llegaríamos más rápido que si hubiéramos estado en un avión comercial. Luego de aterrizar, eventualmente, le mandamos un mensaje de texto a Declan:

El avión aterrizó. Vamos en camino. Por favor, dime que tienes buenas noticias.

Quería que la misión terminara con Izzie y Ariella a salvo y dejar la operación atrás. Eso era ser optimista.

Declan no respondió. Nos apresuramos a salir del avión y fuimos directo hasta mi camioneta. Me metí en el asiento del conductor, sin dejar que alguien más tomara el mando. Era difícil no ansiar tener el control, especialmente cuando era mi propia familia la que estaba en juego.

——¿Estás seguro de que no quieres llamar al sheriff e involucrar a la policía local? ——Preguntó Aiden desde el asiento trasero.

——No. Esto es algo extraoficial.

En el asiento trasero de la camioneta de Declan había armas guardadas y otras provisiones para nosotros. Eso haría que no tuviéramos que hacer una parada extra en las oficinas de *Eagle Tactical*.

——¿Alguna respuesta de Declan? ——Pregunté. Mi teléfono estaba en mi bolsillo, pero había mandado el mensaje en grupo así cualquiera de los chicos podría responder en caso de que él lo hiciera.

Miré a Lincoln, sentado a mi lado en el asiento delantero.

Lincoln sacó su teléfono, revisó sus mensajes y negó con la cabeza.

——Nada todavía. ¿No tienes cámaras de seguridad incluidas con tu sistema de seguridad?

——No están conectadas, igual que la alarma. Traté de acceder al sistema antes de tomar nuestro vuelo, pero no pude entrar a la conexión inalámbrica.

——¿Crees que él cortó la electricidad? ——Preguntó Hazel.

——No lo sé. Hay un sistema de respaldo de batería, pero él pudo haber desactivado ese si supo cómo hackear el sistema. Parece como que el sistema fue desactivado y hackeado.

Había esperado que fuera impenetrable, pero Declan podría haberlo hackeado. No estaba seguro de las habilidades de Nikolai o las del hombre que lo acompañaba.

——Mi hermano es un matón. Es bueno con un arma y tiene a sus hombres que hacen el trabajo sucio por él. Nikolai no sabría como hackear algo ——dijo Hazel.

Quizás eso debió hacerme sentir mejor, pero no era así.

——Mierda. Necesito llamar a Skylar y advertirle para que no vaya a casa ahora mismo. ——No quería darle a Nikolai otro rehén. Él no la había mencionado, lo cual significaba que ella no estaba en casa.

Usé la marcación por voz y esperé a que Skylar contestara. Fue directo al correo de voz.

——Escucha, no vayas a casa ahora mismo. Algo está sucediendo ahí y necesito que vayas a mi oficina. Ahí hay un sofá. Quédate ahí esta noche.

Terminé la llamada. Mis ojos se estrecharon mientras me enfocaba en la carretera. Debí haber llamado antes cuando estaba en Chicago. No me lo perdonaría si ella ya había regresado a casa del trabajo y le había dado a Nikolai un tercer rehén.

Nos apresuramos a pasar la montaña hacia el camino de grava de mi casa, acercándonos más. Apagué el auto y dejé la camioneta unos cuantos metros atrás. No quería alertar a Nikolai de que habíamos llegado. Necesitábamos la ventaja.

Con una precisión silenciosa, nos escabullimos de la camioneta y cerramos las puertas, siendo cuidadosos de no alertar a los que estaban adentro de nuestra llegada. Pasé junto al auto de Nikolai. El chofer yacía muerto desplomado sobre el volante.

¿Había sido obra de Declan o de Nikolai? Lo averiguaría más tarde, ahora mismo necesitaba llegar hasta nuestro equipo y rescatar a Izzie y Ariella.

Abrí la puerta de la camioneta de Declan silenciosamente y saqué lo que necesitábamos de la parte trasera y del suelo, proporcionándole armas y herramientas al equipo para la misión.

Necesitábamos dar por sentado que Nikolai estaba armado y preparado para nuestra llegada. No había oportunidad de que entrásemos por la puerta principal.

Observé mi alrededor, buscando por otras señales de peligro u otros hombres armados que pudieran haber estado vigilando. El río corría hacia el este, pero ese era el único sonido que podía escuchar. Nos movimos hacia adelante, siendo muy cuidadosos y en silencio, acercándonos a la casa.

Aiden me seguía detrás, con Lincoln siguiéndolo. No me gustaba la idea de que Hazel viniera con nosotros, pero había una gran posibilidad de que Nikolai le disparara a mi niña o a Ariella si no la usábamos como cebo. Él no le dispararía a Hazel; o al menos estaba casi seguro de que no le haría daño.

Nada garantiza eso. Él la había vendido en matrimonio.

Contuve el aliento mientras nos acercábamos, apoyándome a la ventana mientras buscaba por cualquier sonido en el interior o alguna indicación de donde se encontraban.

Aiden me dio un golpecito en la espalda y le di un vistazo por encima de mi hombro. Él señaló al suelo, al teléfono destrozado sobre la nieve que empezaba a derretirse. El teléfono de Declan había sido abandonado con la pantalla rota. Eché la cabeza hacia atrás para mirar al techo. ¿Había escalado hasta arriba y dejó caer su teléfono?

Él nos saludó desde arriba con una sonrisa bobalicona.

Bastardo...

Él se encontraba en posición con su rifle de francotirador. Si bien apreciaba que él se había asegurado de que no había otros imbéciles escondidos en el bosque y que llevaba la ventaja, también necesitaba entrar a la casa. Tumbarme en el techo no me iba a ayudar a rescatar a Izzie y Ariella. Necesitábamos encontrar una manera de entrar a la casa que no fuera a través de la puerta principal.

VEINTICUATRO

ARIELLA

Pasarían horas antes de que Jaxson volara a casa desde Chicago y llegara a Breckenridge. Él no entregaría a Hazel a Nikolai a cambio de la seguridad de su hija y la mía.

Nikolai no era tonto. Él tenía que estar sospechando lo mismo, lo que significaba que algo había planeado. Solo no estaba segura de qué.

Él me había arrebatado mi teléfono y lo metió en su bolsillo junto con el suyo. No que creyera que mi secuestrador me dejaría hacer otra llamada.

——¿Por qué estás aquí? ——Pregunté, mirándolo. Aunque él era un poco más alto que yo, no le di la impresión de que le temía.

Gran error. Él estrelló la culata del arma contra mi mejilla, lo que me empujó hacia atrás, tropezando con los juguetes esparcidos en el piso de la sala de estar.

Logré evitar caerme, pero no antes de que Nikolai se moviera hacia mí y me empujara hacia el sofá.

——Siéntate ——ordenó. Una sola palabra que envió escalofríos a través de mi espalda.

Izzie corrió hacia mí. Su tono de voz de seguro la asustó.

——Ven aquí ——dije, extendiendo los brazos para que se subiera a mi regazo.

Ella se apretó contra mí y aunque antes no había estado consciente del peligro y había estado asustada del extraño, parecía que ahora comprendió que estábamos en problemas.

Izzie aferró los brazos alrededor de mi cuello. La moví, sentándola sobre mi regazo y envolviéndola con mis brazos para protegerla y tranquilizarla.

——¿Podrías apartar eso? ——Hice un gesto hacia el arma con la que me había golpeado hace unos momentos——. La estás asustando. ——No quería admitir que yo también estaba asustada. Él probablemente se excitaba luego de asustar a las mujeres.

Nikolai resopló y metió el arma dentro de la pretina de sus pantalones.

——No intentes hacer algo estúpido ——dijo él. Sus ojos se estrecharon mientras nos daba un vistazo de los pies a la cabeza.

Tragué la bilis que subía por mi garganta, el miedo corría por mis venas, como si bombeara oxigeno hacia mi corazón. Él no nos dejaría ir. Necesitaba un plan dada la masacre que cometió en el recinto.

Piensa.

Me aferré a Izzie, pero eso no calmó el terror que sentía y pudría mi estomago como si fuera carne en mal estado. Una fina capa de sudor cubría mi frente. Limpié mi frente y me quedé mirando al piso.

Lo último que quería era parecer amenazante.

Nikolai estaba a cargo.

Necesitaba parecer pequeña e insignificante. No lo suficiente como para que él me matara, pero si como para que él no pensara que yo era una amenaza. ¿Qué me había enseñado mi entrenamiento en la C.I.A.?

Podría desarmarlo, pero eso suponiendo que no había más hombres esperando para dispararme al momento que abriera la puerta principal. O peor, ¿qué si le disparaba a Izzie?

No podría vivir conmigo misma si algo le sucedía. Jaxson tampoco me lo perdonaría.

Entra en su cabeza.

¿Cuál era su motivación? ¿Cuáles eran sus planes? Sin lugar a dudas, él no solo quería regresar victorioso a Chicago con Hazel a su lado. No. Él era un mafioso sediento de sangre.

Si le preguntara por qué está haciendo esto, me silenciaría. Necesitaba ir más allá. Le di un vistazo al reloj. Tenía unas cuantas horas con él. ¿Podría hacerlo hablar?

La boca se me secó y las palabras salían en un tono áspero.

——Vamos a estar aquí por un rato. ¿Puedo ir a buscar un libro para leérselo a Izzie? ——Pregunté. Aunque no me moví de mi posición en el sofá, señalé al librero en la sala de estar, justo detrás de nosotras.

——No te muevas ——dijo Nikolai. Él tenía un semblante serio y cruzó la sala, deteniéndose por un segundo, antes de tomar un libro del librero. Él volvió a la sala y se acercó a nosotras——. Aquí tienes. ——Me arrojó un libro con la portada de color lavanda.

Alicia en el país de las maravillas.

Estaba sorprendida de que trajera un libro infantil. Había sido tan rápido que pensé que había traído el primer libro que había encontrado.

——Gracias, ——dije y abrí el libro, empezando a leer desde la primera página——. ¿Has leído este libro antes? ——Le pregunté a Izzie. Con suerte, no era demasiado viejo para ella, pero era un clásico.

Ella negó con la cabeza.

——Le gustará. ——Nikolai se paseó varias veces alrededor de la sala antes de quedarse en la esquina, a solo unos metros de distancia, vigilándonos. Él se cruzó de brazos——. Léelo para ella.

Pasé la página con el título y empecé a leer el primer capítulo.

——En la madriguera del conejo ——dije, leyendo el título del primer capítulo. Izzie se acomodó en mi regazo y se acurrucó contra mí.

Su cuerpo se relajó mientras leía, cada palabra parecía tranquilizarla. ¿Podría ser simplemente una distracción que la hacía sentir mejor?

——Alicia se estaba cansando de estar sentada junto a su hermana y de no tener nada que hacer; le había dado un vistazo al libro que su hermana leía una o dos veces, pero no contenía imágenes o diálogos, "*y ¿de qué sirve un libro,*" pensó Alicia, "*sin imágenes o diálogos?*"

Izzie puso su mano contra mi pecho, sobre mi corazón y cerró los ojos. Sentía envidia de que ella pudiera dormir a pesar de todo, incluyendo un hombre enloquecido que nos apuntaba con un arma. Bueno, por ahora, el arma estaba metida dentro de sus pantalones, pero estaba al alcance de la mano.

Seguí leyendo, página a página. Su cuerpo cayó dormido en mis brazos. Solté un suspiro de alivio mientras terminaba de leer el segundo capítulo.

——Sigue leyendo ——me ordenó Nikolai.

Hice lo que me ordenó, solo porque me mostró brevemente su arma y amenazó nuestras vidas si no lo hacía.

Lo miraba cada cierto tiempo a medida que leía con una voz suave y susurrante, solo para encontrar como algo familiar pasaba por el rostro de Nikolai.

——Has leído esto antes ——dije. La única solución era hacer que se abriera y hablara. Si podía encontrar una manera de relacionarme con él, tal vez él nos perdonaría la vida.

——No vamos a hablar ——dijo Nikolai. Me hizo un gesto con el dedo para que pasara la página y continuara leyendo.

No cerré el libro para evitar una discusión. Sin embargo, tampoco hice lo que me pidió. Seguí sin pasar la página, el libro abierto y mis ojos no dejaban de observar a Nikolai.

——Tu hermana Hazel es un mucho más joven que tú.

Si bien no sabía qué edad tenía Nikolai, los años curtían su piel, ceño, manos y cuello. El estrés envejecía a una persona; también asesinar.

Él no me detuvo, pero tampoco hizo un comentario sobre mi observación.

——¿Le leíste este libro a Hazel cuando era pequeña? ——Pregunté. ¿Podría hacer que recordara los buenos momentos y volviera a sus cabales?

Él se alejó de la esquina de la sala, con los brazos aun cruzados sobre su pecho; una postura protectora. Ahora mismo, él no estaba tratando de asustarme o de despertar a Izzie. Caminó de un lado a otro en la sala, su mandíbula apretada.

Las manos de Nikolai cayeron a sus costados y se convirtieron en puños.

——Le leí ese libro a mi hermana, pero no fue a Hazel.

——¿Tienes otra hermana? ——¿Había sido vendida también y casada con otro mafioso? Me contuve de decir algo más; no era una pregunta inapropiada si quería que él se abriera para poder salir de este desastre.

Necesitaba actuar con cautela. Tenía que ser astuta si quería interrogarlo sin que él se diera cuenta de lo que hacía.

Su labio inferior sobresalió, apretando su labio superior. Un tic nervioso lo recorrió, lo cual lo forzó a suavizar los ojos. Tan pronto como eso sucedió, gruñó y empezó a pasearse de nuevo por la sala, con más ímpetu.

Por favor que no despierte a Izzie.

Él no podía leer mi mente. No que esperara que lo hiciera, solo no quería que ella se asustara de nuevo. Ella merecía dormir pacíficamente y sin pesadillas. No estaba segura de si yo sería tan afortunada si salía con vida de ésta.

——Si, tuve una hermana pequeña antes de Hazel. Su nombre era Rebecca. ——Algo destelló en sus ojos, lo que me hacía pensar que él no era siempre el monstruo en el que se había convertido.

——¿Solías leerle *Alicia en el país de las maravillas* a ella? ——Necesitaba hacer que viera la conexión, la familiaridad y así tal vez no le haría daño a Izzie. Si solo él se diera cuenta de su inocencia y de que ella era una niña inofensiva.

Él dejó de pasearse y se cernió por encima de nosotras. Temblé a causa de su presencia y su naturaleza amenazante que me hacía sentir pequeña e insignificante.

Nikolai se acercó a mí y yo me estremecí por el miedo.

Él agarró la manta sobre la parte trasera del sofá y la desplegó para arropar a Izzie con ella mientras dormía.

El calor me tranquilizó también ¿Acaso él no era el monstruo que todo el mundo creía que era? No sabía como preguntarle si él le había disparado a todo el mundo en el recinto sin que se pusiera a la defensiva o pusiera un muro entre nosotros.

——Gracias ——susurré, mirándolo.

Él gruñó y retrocedió, sus fosas nasales se dilataban a medida que él respiraba pesadamente.

——¿Rebecca y tú siguen siendo cercanos? —— Pregunté. Tenía que seguir haciendo preguntas para entender lo que hacía y tal vez encontrar una salida.

La mirada de Nikolai se oscureció.

——Ella está muerta.

No se dijo nada más. Él no dijo cómo o cuándo murió.

——Lo siento. ——Lo decía en serio; tanto como si él se daba cuenta o no, perder a un hermano era un infierno. No había perdido a mi hermana, no físicamente, pero emocionalmente nos habíamos distanciado. Había perdido a un hijo y eso había sido desgarrador.

Él me miró lenta y pausadamente antes de asentir una sola vez con la cabeza.

——Si. Yo también. El costo de estar en el negocio familiar ——dijo Nikolai. Se encogió de hombros como si ya no importara y fuera cosa del pasado.

——Eso no tendría por qué costarte nada. No tienes por qué seguir matando gente ——susurré.

Sus pies resonaron contra el suelo y sacó el arma, apuntándome a la cabeza.

——¡Cállate!

Había ido demasiado lejos.

Cerré la boca y bajé la mirada al piso. Sostuve a Izzie dormida en mis brazos.

——Déjame llevarla arriba y ponerla en su cama.

——No.

Necesitaba protegerla, pero no podría hacer eso con un arma apuntándome en la frente.

Si yo moría, ¿quién protegería a Izzie? Jaxson lo haría cuando llegara, pero ¿cuánto tiempo pasaría hasta que eso pasara? No podía dejar que saliera herida. No lo permitiría. Jaxson había estado ahí para mí y me había rescatado. Le debía la vida. Ahora le estaba devolviendo el favor.

——Ella no necesita estar involucrada en esto, Nikolai. Esto es entre tú y yo.

Él rodó los ojos y le quitó el seguro al arma.

——No.

Una sola palabra. Eso es todo lo que él dijo. Podría discutir hasta el cansancio, pero ¿qué bien le haría eso a Izzie?

——Bien. ——No discutí. No haría algún bien. Necesitaba que él continuara abriéndose a mí. Él no iba a hacer eso con su arma apuntando y lista para disparar——. Lo siento ——dije, disculpándome——. Tú estás a cargo.

——Malditamente cierto, ¡yo estoy a cargo! —— Rugió.

No me moví. No me encogí de miedo. Necesitaba hacerle ver que yo no era una amenaza y así tal vez él alejaría el arma.

El silencio llenó la sala...

Mi corazón latía contra mi pecho. ¿Podía oír el miedo y la adrenalina que me recorría por las venas? Su respiración era agitada y pesada, llenando el silencio en el lugar.

Luego de varios minutos, alejó el arma de mi frente, le puso el seguro de nuevo y la metió dentro de la pretina de sus pantalones.

Cerré los ojos, aliviada de que ya no me estuviera apuntando con su pistola. Aun no había terminado. No estaría segura hasta que él estuviera esposado y sea enviado a la cárcel. ¿Jaxson había llamado al sheriff? No había escuchado las sirenas, pero, ¿tal vez ellos eran lo suficientemente inteligentes como para no alertarnos de su presencia?

Mi voz era suave y tímida. Necesitaba respuestas.

——¿Qué le sucederá a Hazel?

Nikolai había dejado claro que quería que le devolvieran a su hermana. Si bien no creía que nos dejaría ir a Izzie y a mí, no estaba segura de lo que tenía planeado hacer con su hermana.

——¿Qué te importa? ——Él volvió a pasearse a través de la sala de nuevo y cada cierto tiempo miraba a través de la ventana. Luego de parecer satisfecho de que aun éramos solo nosotros tres en la casa, él volvió su atención hacia mí.

——Considero a Hazel una amiga.

La verdad era que no tenía muchos amigos. Me había alejado de todo el mundo en Nueva York cuando mi esposo fue condenado por múltiples crímenes de fraude y malversación de fondos. Emma había sido mi amiga, pero eso duró poco.

Nikolai caminó hasta la chimenea para examinar las fotos sobre la repisa.

——Ella no tiene amigos.

No sabía si eso era cierto o no, pero ella parecía ser cercana a Mason, un secreto que me llevaría a la tumba. No había razón para que Nikolai se enterara de ello.

——Le salvé la vida en el complejo turístico ——dije.

——¿Estabas en el complejo turístico cuando esos bastardos entraron y tomaron rehenes? ——Nikolai se acercó rápidamente hacia mí y sacó el arma de sus pantalones. La puso bajo mi mandíbula.

——Fui una de los rehenes, igual que Hazel ——dije. ¿Pensaba que tenía algo que ver? ¿Me mataría porque había hablado al respecto?

Él parecía ser bastante volátil. ¿Debería estar sorprendida?

——Pero, ¿lograste sacarla?

——No solo yo. Tuve la ayuda del equipo de *Eagle Tactical*. ——No señalé que trabajaba ahí. No estaba segura de si me besaría o me mataría.

Él resopló.

——Esos bastardos me traicionaron. Los mataré cuando se presenten con Hazel. Cada uno de ellos, incluyendo a la niña.

——Nadie le pondrá una mano encima a mi hija —— la voz de Jaxson resonó a través de la casa, alta y clara.

Miré por encima de mi hombro buscando a Jaxson. Podría haber jurado que él estaba detrás de mí. Pero él no se encontraba en la casa. Nikolai se alejó un paso de mí y miró por la ventana, satisfecho de que Jaxson no había llegado aún.

——¡Buen intento! ——Gritó.

Apuntó con el arma al sistema de altavoz de la alarma, disparándole unas cuantas veces y rompiéndola en pequeños fragmentos que volaron a través de la sala.

VEINTICINCO

JAXSON

——Voy contigo ——exigió Hazel mientras entrábamos a la propiedad.

No tenía tiempo de discutir. Aunque no quería que hubiera otro rehén, ella también era el cebo. La única cosa que Nikolai quería y la única manera de asegurar que Izzie y Ariella estuvieran a salvo, era colgando la zanahoria en frente del conejo.

——Mantente fuera del camino ——advertí. Habíamos entrado a través de la ventana trasera del baño y Declan había hackeado el sistema de seguridad usando el cableado que estaba afuera para crear una distracción.

Me escabullí dentro de la casa a través de la ventana. Declan se quedó sobre el techo, vigilando, mientras Aiden y Lincoln me seguían detrás. Hazel venía detrás de ellos y desarmada, pero si usaba un chaleco antibalas para protegerse.

Nikolai no le dispararía a su propia hermana, ¿no era así?

Declan reprodujo la grabación que habíamos hecho unos minutos antes a través del sistema de altavoz unido a la alarma.

Aunque la alarma había sido desactivada, no había sido destruida.

——Nadie le pondrá una mano encima a mi hija. —— Era extraño escuchar mi propia voz y era peligroso el alertarle de nuestra llegada, pero teníamos que hacer algo.

Había visto desde la ventana como el bastardo apuntaba con el arma a Ariella en la frente.

No podía arriesgarme a que él le disparara a ella o a Izzie.

Mantuve mi cabeza agachada; habían estado buscando al equipo y a mí.

——¡Buen intento! ——Gritó Nikolai desde la planta baja de la casa. Un solo disparo se escuchó cuando Nikolai le apuntó al altavoz, volándolo en pedazos.

Nos acercamos desde la cocina. Ariella se encontraba de espaldas hacia mí y el sofá apuntaba en dirección a la puerta principal.

——¡Quieto! ——Grité, apuntando a Nikolai con mi arma.

Aiden y Lincoln sostuvieron sus pistolas en alto, éramos tres hombres contra uno.

——Ni siquiera lo pienses ——dijo Lincoln——. Baja el arma lentamente.

——Entrégame a Hazel y me iré. Nunca tendrás que volver a verme de nuevo ——dijo Nikolai. Él levantó su arma en señal de rendición.

No confiaba en él. Declan nos dijo que el sheriff había sido llamado luego de que dos mafiosos abrieran fuego en el recinto. Uno estaba en mi casa, el otro, suponía que era el hombre muerto en el vehículo en la entrada de acceso.

——Así no es como esto funciona ——dije. Mantuve mi arma apuntando hacia él mientras se acercaba hasta la sala de estar, bloqueando a Izzie y Ariella de mi vista.

Aiden sacó las esposas que tenía colgando de su cinturón.

——Baja el arma lentamente. Manos arriba.

Nikolai alzó una mano en señal de rendición y empezó a bajar la otra lentamente.

Se escuchó como el picaporte de la puerta se agitaba, lo que llamó nuestra atención.

¿Quién diablos se encontraba al otro lado de la puerta? Se suponía que Declan seguía en el techo.

Skylar abrió la puerta y entró, encontrándose cara a cara con Nikolai.

Él agarró a Skylar utilizando su mano libre y la empujó contra él, jalándola del cabello y apuntándole con el arma en el cuello.

——¡Déjame ir! ——Gritó Skylar.

——¡Papi! ——Izzie lanzó un chillido de terror.

No podía voltearme a ver a mi niña para asegurarle de que todo estaba bien. Mi atención tenía que estar sobre el monstruo parado a solo unos metros lejos de mí y que tomó a mi hermana como rehén.

Skylar no tenía entrenamiento táctico formal. Ella nunca estuvo en el ejército o aprendió defensa personal. No podía contar conque ella saliera por sí misma de sus garras.

——No tienes que hacer esto, Nikolai ——dijo Hazel. Ella salió desde el pasillo y se detuvo junto a Lincoln, tomando el arma de repuesto que él tenía en la funda en su cadera. Ella se apuntó en la sien con el arma.

——Hazel, ¿qué estás haciendo? ——Los ojos de Nikolai se ampliaron y su voz se volvió frenética. —— Piensa en lo que estás haciendo, hermanita.

——Si le disparas ——dijo Hazel con voz temblorosa ——, no me volverás a ver.

Ya que estaba apuntando a Nikolai con mi arma, no podía detener a Hazel de hacer algo estúpido. No la conocía lo suficiente como para decir si ella estaba mintiendo, pero no podía arriesgarme.

——No quieres hacer eso, Hazel.

——Si, si quiero. ——Hazel asintió. La mano con la que sostenía el arma contra su piel temblaba y el cañón de la pistola se alineaba con su cuerpo. Ella podía estar usando un chaleco antibalas, pero este no la salvaría con lo que tenía en mente.

——Escucha a tu hermana ——dijo Lincoln——. Ella está dispuesta a morir a causa de lo que hiciste.

Skylar luchó contra Nikolai, tratando de liberarse de él, pero él no la dejó escapar.

——Déjame ir ——susurró Skylar con los ojos llenos de lágrimas——. Por favor. Ni siquiera sé lo que está sucediendo aquí. No le diré a nadie.

No iba a dejar que él desapareciera. No después de lo que había hecho.

——Cuéntale a Hazel lo que hiciste, Nikolai.

Nikolai negó con la cabeza y su cabello oscuro y grueso cayó sobre sus ojos.

——Todo lo que he hecho ha sido por ti, Hazel. Siempre he querido que seas feliz.

——¿Feliz? ——Hazel se mofó y dio un paso hacia adelante, todavía apuntándose con el arma——. ¡Me vendiste a Franco para que me casara con él! Preferiría morir que casarme con ese cerdo asqueroso.

Nikolai parpadeó varias veces; parecía perplejo.

——¿Qué?

——¡Ya me oíste! ——Gritó Hazel mientras se acercaba, sin miedo a su hermano——. Estoy cansada de que controles y arruines mi vida. Sé lo que tú y papá hicieron. Sé acerca de los trabajos y la agencia falsa en la que trabajé, los novios que tú y papá pagaron. No soy ninguna tonta, sabes.

Nikolai liberó a Skylar y ella se apresuró a correr lejos de él. Lincoln la agarró y la puso detrás de él para protegerla.

——Ellos no era lo suficientemente buenos para ti ——dijo Nikolai con la atención puesta en Hazel. —— Es mi deber protegerte. Eres mi hermana pequeña. Esos hombres no te merecían.

——Bastardo, ¡Esa era mi decisión! ——Le gritó Hazel. Ella lo desafiaba con la mirada y el arma que sostenía temblaba con su dedo en el gatillo.

Nikolai bajó el arma en su mano y trató de alcanzar el arma de Hazel.

——Si mueres, los mataré a todos.

——No, no lo harás ——dijo Hazel y volteó el arma, jalando el gatillo y disparándole a Nikolai en el pecho.

VEINTISÉIS

Hazel

Lo hice por todos aquellos a los que él había matado, torturado o herido.

Quité el arma de mi cabeza y la apunté hacia él. Había sido temerario, sin pensar y sin planearlo. Él pudo haberme disparado fácilmente con su arma en venganza. No lo habría culpado si lo hubiera hecho.

Mi dedo apretó el gatillo. Era la única manera de ponerle un fin a lo que él había hecho.

No podía volver a casa, Nikolai nunca dejaría de perseguirme y ordenarme que hiciera lo que él quisiera porque éramos familia.

Franco había sido arrestado, pero con el jefe de la mafia muerto, otro líder se alzaría de las cenizas y yo sería olvidada. O al menos esperaba que sería olvidada.

La habitación dio vueltas; se sentía como si el mundo girara en cámara lenta. Lincoln pateó el arma lejos de Nikolai mientras él yacía en el piso, desangrándose. Retrocedí varios pasos hasta chocar contra un cuerpo cálido. Jaxson me quitó el arma de las manos. Me sentía fría y vacía, sola.

——Lo siento ——dijo Jaxson en mi oído. Las duras esposas heladas y de metal se engancharon a mis muñecas cuando él las ató detrás de mi espalda.

——Lo entiendo. ——No esperaba otra cosa. Ellos me enviarán a la cárcel. Iría a prisión por un largo tiempo.

——¿Las esposas son necesarias? ——Lincoln le dio una mirada a Jaxson.

——Son solo una formalidad ——dijo Jaxson——. Necesito asegurarme de que mi familia ya no está en riesgo. Llamaré al sheriff y le dejaré saber lo que sucedió.

Aiden se inclinó hacia Nikolai tirado en el suelo.

Había un charco de sangre alrededor de Nikolai, su piel lucía pálida y tenía los ojos cerrados. No tenía el valor de preguntar si aun respiraba.

Quería matar a Nikolai luego de todo lo que había hecho para destruir mi vida, pero nunca creí que fuera una asesina. La culpa pesaba mucho sobre mis hombros. Había actuado en defensa propia, no solo para defender mi vida, sino también la vida de aquellos a mi alrededor.

Nikolai nunca los habría dejado ir.

Jaxson llamó rápidamente al sheriff mientras yo me sentaba en el piso junto a mi hermano. Su piel lucía helada, pero no podía tocarlo, tenía las manos atadas detrás de mi espalda.

Aiden puso presión contra la herida, tratando de detener el flujo de sangre que salía a borbotones de ella. Trató de buscarle el pulso usando su otra mano y negó con la cabeza.

——Está muerto.

Caí de rodillas, mirando a mi hermano. Hermanastro o no, él era aun parte de mi familia. La sangre es la sangre.

——Estás con Rebecca ahora. Es mejor de esa manera ——susurré, mirando a Nikolai. Nunca había conocido a Rebecca, su hermana biológica. Él me había contado cosas muy buenas de ella cuando éramos más jóvenes, como su vida había sido acortada, asesinada por otro mafioso. Había motivado a nuestro padre a convertirse en el jefe de la mafia para tramar una venganza.

Quería que todo terminara. La matanza. Las masacres. La sed de sangre.

———

Le había dado mi declaración al sheriff. El equipo de *Eagle Tactical* también había dado la suya, así como Ariella. Habíamos sido llevados de manera individual a la sala de interrogación, fuimos cuestionados y luego nos pidieron pasar por escrito lo que había ocurrido.

Confesé haberle disparado a Nikolai.

Al parecer, Nikolai había matado también a su chofer, Sacha, aunque no sabía por qué.

Había esperado pasar el resto de mis días en la cárcel, pero me quitaron las esposas y me dejaron en libertad.

El fiscal no presentaría cargos. Si Nikolai estuviera vivo, habría sido acusado de múltiples asesinatos luego de allanar el recinto y matar a docenas de hombres, mujeres y niños.

Pensé que vomitaría luego de que el sheriff me informara de lo que mi hermano había hecho como represalia luego de lo sucedido en el complejo turístico. Ya todo había terminado.

Salí de la estación de policía y me sorprendí al encontrar a Ariella esperando por mí.

——Nunca te di las gracias apropiadamente ——dijo Ariella. Ella se apoyaba contra su sedán con las manos metidas en su chaqueta——. Si no te hubieras ofrecido como lo hiciste, no sé como habríamos salido de esa situación.

Me encogí de hombros.

——No fue nada. ——No quería que hiciera una gran cosa de ello——. ¿Has escuchado algo de Mason?

Quería verlo para asegurarme de que estaba bien y agradecerle por salvarme la vida. Él era una de las razones por las que aun me encontraba de pie, viva y respirando.

——Ya hemos reservado un vuelo hasta Fargo para visitarlo en el hospital. ¿Quieres venir con nosotros? ——Preguntó Ariella.

——Si. Necesito verlo y agradecerle por lo que hizo por mí.

———

Me apresuré por el corredor del hospital.

¿Mason querría verme? Su tío Jeb había muerto por mi culpa.

Si no le hubiera pedido ayuda, su tío seguiría con vida y no le habrían disparado a Mason.

El olor a antiséptico quemaba en mis fosas nasales. Me detuve en la sala de espera vacía.

——¿Te importaría quedarte aquí con Izzie? ——Le preguntó Jaxson a Ariella.

——Claro ——dijo ella con una sonrisa y tomó a la niña de los brazos de su padre.

Abrí la boca para ofrecerme a cuidar a la niña por Jaxson, pero lo pensé mejor. No era muy buena con los niños y quería ver a Mason. Estaba preocupada de que él no estaría feliz de verme.

Lincoln y Jaxson se dirigieron a través de las puertas por el corredor. Dudé antes de seguirlos, a unos cuantos metros de distancia. Ellos hablaban entre ellos. Yo era la forastera, y aunque ellos no habían tratado de excluirme, no era una de ellos.

¿Qué estaba haciendo aquí? Me sentía fuera de lugar.

Lincoln y Jaxson entraron a la habitación privada después de tocar la puerta. Yo me quedé en el corredor, tratando de reunir el coraje para entrar.

Podía manejar el apuntarme con un arma en mi propia cabeza, pero caminar unos cuantos metros hasta una habitación de hospital era demasiado. Al parecer ese era mi límite.

——¿Cómo está Hazel? ——La voz de Mason era áspera y ronca.

Él no podía verme ya que estaba justo afuera de su habitación, pero podía escuchar el dulce sonido de su voz. Estaba llena de preocupación por mí.

Me apoyé contra la pared, mi espalda contra los ladrillos helados y blancos.

——Te lo podría decir ella misma si entrara a la habitación ——dijo Lincoln.

——¿Ella está aquí? ——Preguntó Mason. Las sábanas crujieron y la cama de hospital rechinó——. ¿Hazel?

Cerré los ojos. No podía esconderme para siempre. Él se daría cuenta de que lo estaba evitando si no entraba a su habitación y lo saludaba ahora mismo.

——Hola. ——Le di la mejor sonrisa que pude reunir mientras entraba a su habitación de hospital——. Solo me quedé en el pasillo buscando algunas flores que pudiera robar para ti.

Mason sonrió y se echó a reír para luego hacer una mueca de dolor.

——¿Duele reír? ——Pregunté, preocupada por él. Me moví a un lado de su cama.

——Vale la pena ——dijo Mason. Él alcanzó mi mano, entrelazando nuestros dedos——. Siéntate junto a mí.

No quería decirle que no había espacio. Él estaba herido, pero ¿cómo podría decir que no si él quería mi compañía?

——¿Cómo te sientes? ——Pregunté, sentándome al borde de la cama junto a él——. ¿Sabes cuando te darán el alta?

——El doctor dice que me dará de alta si alguien puede cuidar de mí en casa o si no tendré que ir a un centro de rehabilitación ——sus ojos nunca se apartaron de los míos——. Me debes un favor, Hazel.

Me reí en voz baja.

——Tú no te andas por las ramas. ——No podía creer que se aprovechara del hecho de que le debía un favor.

Por supuesto que le debía el favor, pero no pensé que fuera el tipo de persona que lo cobraría.

——¿Te quedarías conmigo, por favor?

No había pensado acerca de dónde iría ahora con Nikolai muerto y Franco en prisión. Sin embargo, Mason me necesitaba y él me gustaba de verdad. No me había sentido de esta manera por alguien más, nunca. Siempre había sido él desde que éramos adolescentes.

——Bueno, ya que lo pediste tan amablemente —— dije con una sonrisa débil. Quería quedarme, pero quería hacerlo porque él me quería en su vida y no solo como alguien que cuidaría de él. Me incliné para darle un beso suave y casto en su frente.

——¿Eso es todo lo que obtendré? ¿Qué tiene que hacer un tipo para obtener un beso real? ¿Morir?

Mis ojos se abrieron más del horror.

——¿Una mala broma? ——Mason me dio esa sonrisa de niño travieso que hacía latir a mi corazón y volvía débiles mis rodillas. Me incliné y rocé mis labios con los suyos.

El monitor cardiaco empezó a pitar más rápido.

Jaxson se encontraba junto a la ventana de la habitación y sonrió.

——No lo mates. Todavía lo necesitamos en nuestro equipo. Hablando del equipo, Lincoln, me gustaría que te unieras a nosotros a tiempo completo. Sé que tu restaurante tendrá que pasar por renovaciones. ¿Hay alguna manera de convencerte que te nos unas? No me hagas rogar.

——Ni siquiera me he muerto y ya me estás reemplazando ——dijo Mason. Se rió e hizo una mueca de dolor.

Le toqué suavemente el brazo que no tenía herido, esperando que eso lo calmara.

——Estoy segura de que ellos no te están reemplazando ——dije.

——Yo no estaría muy seguro de eso ——dijo Lincoln ——. Lo haré, al menos por ahora. Pasará un tiempo antes de que la aseguradora me pague y luego tendré que decidir lo que voy a hacer.

——Siento lo de tu restaurante ——dije con una sonrisa débil a Lincoln. Si no me hubiera aparecido en su restaurante esa mañana, quizá los matones que me querían muerta no habrían tiroteado el lugar.

Lincoln apretó la mandíbula mientras se apoyaba en la pared cerca del pie de la cama del hospital.

——Ni lo menciones. Estos tipos han estado rogándome por años que me una a *Eagle Tactical*. Ellos probablemente están felices por lo sucedido.

——Feliz es una palabra muy fuerte ——dijo Mason ——. Pero eufóricos sería más apropiado.

Lincoln rodó los ojos.

Jaxson pasó al lado de Lincoln y le hizo un gesto para que lo siguiera afuera de la habitación.

——Los dejaremos para que hablen. Estaremos en la sala de espera con Ariella e Izzie. Déjenos saber si necesitan algo ——dijo Jaxson.

——Gracias por venir. Con suerte, me dejarán salir de aquí pronto ——dijo Mason.

Esperé que los hombres salieran de la habitación hacia el pasillo.

——¿Tienes algo en mente? ——Preguntó Mason.

——Lo siento por todo ——me incliné para besarlo, hambrienta por probarlo.

El casi haberlo perdido me había destrozado. Ya había perdido a mi hermano por mi propia mano. No podía perder al hombre que había amado desde que era una adolescente. Mason se acercó y me acarició la mejilla con su pulgar, mi barbilla reposando sobre su mano.

——No tienes que disculparte por nada, pero si sé de algo que me haría sentir mejor una vez salgamos de aquí.

——Lo que sea ——dije——. Soy toda tuya. Estoy aquí para lo que sea que necesites, Mason. ——Lo decía en serio también. Haría lo que sea que él me pidiese para cuidarlo, ya sea si era cambiarle las vendas o cocinar para él.

——¿Existe la posibilidad de que cuentes con un disfraz de enfermera? Pensé que podríamos hacer un juego de roles de fantasía mientras estés cuidando de mí.

VEINTISIETE

ARIELLA

Me senté con Izzie en la sala de espera y la dejé que viera un video en mi teléfono. Mantuvimos el audio bajo para así no molestar a otros pacientes del hospital. Como perdí la noción del tiempo, no vi cuando Jaxson se acercaba.

——¿Cómo se encuentran mis dos chicas preferidas? ——Preguntó Jaxson.

——¡Papi! ——Izzie saltó de mi regazo y alzó los brazos para que su papá la levantara.

Jaxson la levantó y la hizo girar antes de sostenerla sobre su cadera.

——Con suerte, nos iremos pronto. Parece que dejarán ir a Mason hoy, siempre y cuando tenga quien lo cuide en casa.

——¿Oh?

No sabía si él vivía solo o tenía compañeros de piso. No lo había escuchado hablar de que estuviera saliendo con alguien, pero era evidente que estaba loco por Hazel. Cualquiera podía verlo.

——Hazel se quedará con él y lo ayudará ——dijo Jaxson.

——Eso es bueno ——Estaba feliz por ella y encantada con la idea de que ellos descifraran su relación con el tiempo y no tuvieran que esconderse de nadie; aunque también estaba un poco celosa, lo cual nunca admitiría a nadie.

Lincoln se quedó a unos cuantos metros atrás frente a la máquina expendedora, preparándose un café.

——Estuve preocupado por ti ——dijo Jaxson y se sentó a mi lado en el asiento vacío. Él se acercó y metió un mechón de mi cabello detrás de mi oreja ——. Todavía lo estoy para ser honesto.

Sonreí débilmente. No podía dejar de pensar en Nikolai.

Lo que Hazel había hecho, la sangre, el hecho de que Nikolai había hecho de todo para proteger a su hermana. Era jodido y enfermo, pero no quitaba el hecho de que él estaba muerto.

——Estoy bien

Quería estar bien, decírmelo a mí misma y en voz alta. ¿Lo haría realidad?

——¿Estás segura? ——Preguntó él, su mano cayendo hasta mi espalda.

Me relajé bajo su toque mientras él me acariciaba suavemente, tratando de tranquilizarme. Quería que él me tocara, me besara y me hiciera el amor.

Lincoln estaba presente y se suponía que mantendríamos nuestra relación como un secreto si queríamos estar juntos.

Negué con la cabeza.

——Lo más probable es que tenga pesadillas por un tiempo, pero no es nada que no pueda manejar.

Los pasos pesados de Lincoln rompieron el hechizo entre nosotros.

——¿Puedo traerles un café, chicos? La máquina no está funcionando. Voy abajo a la cafetería. ¿Quieren algo?

——Estoy bien ——dije.

——Yo también ——dijo Jaxson.

Lincoln se dirigió por el pasillo y en dirección opuesta a la habitación de Mason hacia el elevador para bajar al vestíbulo donde estaba la cafetería.

Teníamos unos minutos, solo nosotros dos e Izzie. Afortunadamente, ella no parecía entender lo que ocurría entre nosotros.

Jaxson puso a Izzie en el asiento junto a él y le reprodujo un video en su teléfono, dejando que ella lo viera. Él se acercó hasta la máquina expendedora y me hizo un gesto para que fuera hasta él.

Me levanté y me estiré antes de señalar hacia la máquina expendedora.

——¿No oíste lo que dijo Lincoln? La máquina de café no funciona.

——Lo oí. Solo quiero un poco de privacidad. —— Izzie estaba de espaldas a nosotros y él aprovechó para apretarme duro contra él.

Mis ojos se abrieron completamente mientras bajaba su boca a la mía y sus dedos agarraban mi nuca para mantenerme cerca. No fue difícil derretirme en su beso y mi cuerpo se rindió bajo su hechizo.

Él se echó hacia atrás con una mano todavía agarrando mi cuello y la otra deslizándose bajo mi camisa, rozando la pretina de mis pantalones.

——Jaxson ——dije, sonriendo de placer, pero advirtiéndole que se detuviera. No podíamos estar haciendo esto en el hospital y mucho menos a solo unos metros de su hija.

——Lincoln no regresará por unos cuantos minutos y Hazel está absorta con Mason. Apuesto a que se están besando ahora mismo.

——Bien por ellos ——dije. Esa no era la razón por la cual no debíamos estar haciendo esto aquí y ahora. Puse una mano suavemente sobre su pecho——. Quiero estar contigo, pero hoy ha sido demasiado.

——¿Sabes que nunca dejaría que nada les ocurriera a ti y a Izzie? ——dijo Jaxson.

——Lo sé y aprecio lo que hiciste hoy. Podría haber terminado de una manera muy diferente ——dije.

Los recuerdos de Nikolai apuntándome con un arma en la frente aun pasaban por mi cabeza. Necesitaba apartar esos recuerdos o no sería capaz de respirar.

Su boca se cerró duro sobre la mía de nuevo, lastimándome con una intensidad feroz y llena no solo de anhelo, sino también de deseo y necesidad.

Él nos volteó, apretando mi espalda contra la pared mientras él empujaba su rodilla entre mis muslos y llegaba a mi centro, mi calor. Dejé que me besara y aunque quería ser algo más que su novia secreta, también estaba dispuesta a aceptar lo que sea que él quisiera darme.

Mis labios se separaron, absorbiéndolo y apretándolo más contra mí. Cada pensamiento en mi cabeza desapareció mientras nos besábamos y el tiempo parecía que se había detenido.

Alguien aclaró su garganta ruidosamente.

¿Estaba tratando de llamar nuestra atención?

Lancé un gemido de protesta cuando Jaxson se apartó para que ambos miráramos al intruso, Lincoln. Él tenía una taza de café en su mano y tomó un largo y lento sorbo.

——¿Por qué ustedes tres no se marchan de aquí? ——Dijo Lincoln——. Llevaré a Mason y a Hazel para que recojan su camioneta.

——¿Estás seguro? ——Preguntó Jaxson.

——Vas a tener que conducir por diez horas hasta tu casa. Izzie no necesita quedarse despierta más tiempo del necesario. Yo probablemente termine quedándome en una habitación de hotel esta noche y conduciré de vuelta mañana si no dejan ir a Mason pronto ——dijo Lincoln.

El teléfono de Jaxson sonó y él se apresuró a tomarlo de Izzie mientras ella veía su película.

Me quedé de pie, incómoda y sonriéndole débilmente a Lincoln. Él había sido bueno conmigo, no tenía de qué quejarme, pero seguía sin estar feliz de que él supiera nuestro secreto.

——Escucha, lo que viste...

——No es asunto mío ——dijo Lincoln——. Tú lo haces feliz y puedo decir honestamente que no existen muchas personas, además de Izzie, capaces de lograr eso.

——¿No se lo contarás a los demás? ——Esperaba que él pudiera mantener el secreto y no se lo mencionara a sus amigos.

——De nuevo, no estoy en posición de contar nada ——dijo Lincoln. Se acercó un poco más——. No tienes porqué preocuparte, Ariella. Me gusta que estés alrededor. Eres buena para Jaxson y lo haces feliz. Eso es todo lo que importa.

Suspiré de alivio.

——Gracias.

Jaxson colgó el teléfono y lo metió en su bolsillo.

——Papi, teléfono. ——Izzie intentó agarrar su pantalón en búsqueda de su teléfono.

——Ahora no ——dijo y cargó a la niña en sus brazos, dándole besos. Él le lanzó una mirada a Lincoln.

——¿Puedes darle un mensaje a Lincoln?

Lincoln dio un sorbo a su café.

——Claro. ¿Qué pasa? ¿Está todo bien?

——El sheriff llamó para dejarnos saber que encontraron a la mascota de su tío, Bear. Ellos la mantendrán en la estación de policía hasta que alguien vaya a recogerla. Afortunadamente, ella se encuentra bien, solo tiene unos cuantos rasguños, pero ninguna herida grave. Le dije que Mason sería dado de alta pronto, pero estamos en Fargo, así que probablemente no será hasta mañana que la recoja.

——Él estará aliviado de saber que Bear se encuentra bien ——dijo Lincoln——. Envíame el número del sheriff por mensaje de texto y me aseguraré de que recojamos a Bear de camino a casa.

————

Era un viaje largo de vuelta a Breckenridge. Jaxson insistió en conducir. Izzie se había dormido una hora después de que comenzáramos el viaje. Era tarde y estaba oscuro, lo cual probablemente la había ayudado a dormirse rápidamente.

——¿Qué sucederá con Hazel? ——Pregunté.

——Escuchaste al sheriff; no van a presentar cargos contra ella porque ya cerraron el caso y determinaron que fue en defensa propia ——dijo Jaxson.

——No me refiero a eso... Franco sigue ahí.

——Él está en prisión ——dijo Jaxson. Él me dio un vistazo y me tomó de la mano mientras conducía.

Nuestros dedos se entrelazaron. Le di un apretón a su mano, tratando de asegurarme a mí misma, así como a él, de que estaba bien. No me sentía como yo misma. Todavía me sentía desconectada de la realidad, perdida en los eventos del día.

——¿No te preocupa que él venga detrás de ti y tu familia? ——Pregunté.

——Si me preocupara por eso, tendría que preocuparme por cada criminal con el que lidiamos ——dijo Jaxson. Él mantuvo la voz baja, tratando de no despertar a Izzie——. Declan está reparando el sistema de seguridad y averiguando como Nikolai se las arregló para desactivarlo.

Quería estar tranquila luego de escuchar eso de Jaxson. Quería que Franco dejara a Hazel en paz, así como a todos nosotros. Le apreté la mano.

——Supongo que solo ha sido un día muy largo. Emma vino a casa esta mañana. Estaba descalza e histérica.

——Nikolai hizo un tiroteo en el recinto donde ella había estado viviendo ——dijo Jaxson.

——¿Sabías que ella había estado viviendo ahí? ¿Cómo? ——Pregunté.

Él dejó salir un suspiro suave, pero mantuvo su atención y enfoque en la carretera mientras hablaba.

——Descubrí que ella estaba viviendo ahí cuando fui a ver a Ian y Seth porque te estaban acosando. Había esperado que ella recobrara el sentido y se mudara de ahí.

——Ella estuvo involucrada en la toma de rehenes en el complejo turístico ——dije.

——Lo sé.

Aparté mi mano como si me hubieran quemado.

——¿Cómo diablos supiste eso? ¿Cuántos secretos tienes?

Él puso su mano en el volante de nuevo y apretó la mandíbula.

——Más de los que estoy dispuesto a admitir.

——¿Qué significa eso, Jaxson?

No podía creer que él me había ocultado el hecho que Emma estuvo involucrada en la toma de rehenes en el complejo turístico *Blue Sky*.

Él dejó salir un suspiro pesado y dio un vistazo al espejo retrovisor.

——¿Podemos hablar de esto más tarde?

——No. Quiero hablar de esto ahora mismo.

Él se había enojado cuando le había guardado secretos. ¿Por qué él sí podía tener secretos conmigo?

VEINTIOCHO

JAXSON

No estaba muy contento de mantenerlo a *él* como un secreto y ahora que se sabía que Emma había sido parte de Los Marginados, era evidente que saldría a la luz el hecho de que estaba involucrada en la desagradable situación en el complejo turístico.

——¿Solo vas a ignorarme? ——Preguntó Ariella. Su tono era agudo. Estaba, sin lugar a dudas, enojada conmigo.

Genial. Teníamos varias horas por adelante hasta que llegáramos a Breckenridge y a casa. No era como si pudiera dejarla y no volver a verla hasta que fuéramos al trabajo; vivíamos juntos.

Pasé una mano por mi cabello, frustrado. Ariella usualmente me ponía de rodillas.

——No te estoy ignorando; solo tengo muchas cosas en mente.

——Esa es una excusa ——dijo Ariella. Estaba furiosa. Podía oír como se le dificultaba respirar mientras se movía en el asiento. Ella nunca estaría cómoda a este paso.

——Bien. ¿Quieres que te cuente cada secreto que he guardado? ——Mi voz se elevó dentro de los confines de la camioneta——. Lo escuché de uno de los chicos. ¿Adivina quién fue liberado de prisión? Benjamin Ryan.

Ariella se quedó en completo silencio.

——¿Qué? ¿No me vas a gritar por guardar ese secreto? Él ya no está en prisión, Ariella. ¿Sabes por qué?

Le di un vistazo y vi como ampliaba los ojos y se quedaba boquiabierta. No podía dejarlo ir. Si ella quería saber mis secretos, yo revelaría los suyos, incluso aquellos que ella ni siquiera sabía que tenía guardados al fondo de su clóset.

——Sus condenas fueron revocadas, todas y cada una de ellas ——dije.

Ella no tenía idea por la mirada en su rostro.

——Tú mencionaste que él podría no haber sido culpable. Solo no podía creer que fuera cierto. —— Ella pasó las palmas de sus manos por sus pantalones.

——Bueno, cierto o no, él está en libertad, y no es un tecnicismo. No sé lo que eso significa para la C.I.A., si ellos le tendieron una trampa o fue alguien más. —— Lo cierto era que yo no había tenido tiempo de indagar profundamente en su pasado desastroso——. Él dio una declaración en televisión cuando fue liberado.

——¿Lo hizo? ——Su voz se quedó atrapada en su garganta.

——Dijo en la entrevista que planeaba buscarte —— dije con un sabor amargo en mi boca.

No quería perderla por él, su marido, o exmarido, técnicamente. Ellos se habían divorciado, pero si este se basó en el hecho de que ella creía que él era culpable y no lo era, ¿en dónde quedaba yo? ¿Qué posibilidad tenía en contra de un hombre adinerado que había conquistado su corazón?

Ella exhaló pesadamente.

——Bueno, si lo ves, dile que se mantenga jodidamente alejado de mí.

Esto me sorprendió.

——¿Qué?

¿Ella lo había superado? ¿No necesitaba preocuparme porque él venga y la conquiste de nuevo? No solía ponerme celoso fácilmente, pero tampoco me gustaba tener que preocuparme porque un hombre con el que ella tenía un pasado regresara a su vida.

——Él podría no ser culpable de los crímenes financieros por los que se le condenó antes, pero él no es inocente, Jaxson. Lejos de ello.

¿Qué otros crímenes él cometió que no se le había culpabilizado por ello?

——¿Vas a explicarme? ——Pregunté.

Ariella bostezó desde el asiento delantero. Eran más de las dos de la mañana. Me di cuenta que estaba agotada; yo también lo estaba.

——Esta noche no. Estoy cansada, Jaxson. ¿Podemos dejar el tema por ahora?

Conduje exhausto en medio de la noche. No quería detenerme en algún motel de mierda con chinches.

No quería pelear con ella. Casi la había perdido hoy junto con mi hija. Le puse la mano en el muslo.

——Me preocupo por ti, Pecas. ——Quería que ella supiera como me sentía. No lo decía frecuentemente y ella merecía escucharlo de mí.

——Lo sé ——balbuceó ella. Ariella apoyó la cabeza contra la ventana lateral y cerró los ojos. Su respiración se calmó luego de varios largos segundos.

Ella balbuceó algo que no pude entender. ¿Acaba de decir *te amo*?

——¿Pecas?

Ella se había quedado dormida.

Mason me había comentado una vez que él sospechaba que ese matrimonio pudo haber sido falso y que ella se había metido de lleno en su trabajo en la C.I.A., demasiado. Si eso era cierto. ¿Por qué ella lo había estado observando y qué la hizo decidirse a casarse con él? Si no fue por amor, ¿cuál fue el catalizador?

Había secretos entre nosotros, pero no estaba dispuesto a perderla, no sin una pelea.

La verdad era que yo también la amaba.

¿Tendría el coraje para decírselo?

EPÍLOGO

HARPER

Necesitaría de mi dosis de cafeína si quería sobrevivir en este pueblucho las próximas semanas.

Mi vuelo fue corto, pero turbulento y la azafata había derramado mi bebida en el asiento frente al mío durante el vuelo.

Salí del aeropuerto directo hasta la cafetería más cercana en Breckenridge. Recé porque tuvieran una cafetería que sirviera un *latte* decente.

Dudaba que alguien me reconociera, lo cual era una ventaja a mi favor. Además, usar lentes de sol gigantes no venía mal, de esta manera, no tendría que preocuparme acerca de los periodistas acosándome o por fanáticos tomando fotos de mí con sus teléfonos.

Era temprano, el sol había salido recientemente y entré a la cafetería, sintiéndome más animada de lo que estaba acostumbrada para ser un domingo por la mañana.

——Un *latte* tamaño medio con caramelo y crema batida ——Estaba tirando la casa por la ventana esta mañana.

La chica detrás del mostrador con su delantal marrón y gorra a juego solo sonrió.

——¿Cuál es tu nombre? ——Preguntó. En su gafete decía *Skylar*.

¿En serio no me reconocía?

——Harper ——Casi pensé en darle mi nombre real e incluso uno falso, ¿no sería eso divertido?

Ella entornó los ojos ligeramente, como si estuviera decidiendo si creerme o no mientras le pagaba en efectivo.

——Será solo un minuto ——Su tono era monótono y me dio una sonrisa falsa.

——¡Siguiente! ——Gritó Skylar, tomando el pedido de la mujer detrás de mí.

Me alejé de la caja registradora y me senté en una mesa cercana. El lugar no estaba muy lleno y mientras más esperaba, más impaciente me volvía.

La mujer que vino después de mí recibió su café, así como otros dos clientes después de haber hecho mi pedido.

——¿Qué diablos? ——Murmuré en voz baja. ¿Se había olvidado de mi pedido?

Un hombre guapo, alto y bastante musculoso con tatuajes que se asomaban bajo sus mangas, robó mi atención por un minuto mientras él hacía su pedido. Él parecía alegrarle el día a Skylar también.

Iba a cambiar eso. Ella había arruinado mi buen humor y la agradable mañana que había tenido.

——Disculpa ——dije, interrumpiéndolos a los dos. Ya había esperado demasiado——. Pedí un café hace diez minutos.

——Han pasado cinco minutos ——espetó Skylar ——, y tu bebida está sobre el mostrador, esperando que la recojas.

Di un vistazo hacia el mostrador mientras ella, casualmente, movía la taza para que yo la viera. No había estado ahí para que yo la recogiera. Ella la había mantenido escondida. ¡Mocosa arrogante!

——No dijiste mi nombre.

Ella señaló a la taza y el nombre escrito en ella.

——Heather.

Tragué el nudo en mi garganta. No había forma de que ella supiera que ese era mi nombre real.

——Es Harper ——la corregí.

——Es prácticamente lo mismo. ¿Quieres tu café o no?

Diez minutos. Ese café probablemente ya estaba frío y asqueroso. Me gustaba mi café bien caliente. No pagué casi diez dólares para obtener un café de mierda.

——Necesitas prepararme otro latte. ——No estaba dispuesta a aceptar este tipo de trato proveniente de una cafetería excesivamente costosa.

Una segunda barista al otro lado del mostrador sirvió una taza de café caliente y le puso la tapa.

——Lincoln ——llamó.

Oh diablos no. Ese era mío. Arrebaté la taza antes de que Lincoln pudiera poner sus garras monstruosas de oso en ella. Él era un hombre grande, pero yo era rápida.

Le sonreí antes de largarme rápidamente de la cafetería, como si estuviera robando una pieza de arte y tuviera que llegar hasta el auto de escape.

———

Gracias por leer *Sigilo: Mason.*

Espero que hayas disfrutado de leer la historia de Ariella, Jaxson y el equipo de *Eagle Tactical.* Su historia continúa en...

Oculto: Lincoln

No puede saber que está bajo mi protección...

Me han contratado antes como guardaespaldas en *Eagle Tactical* para celebridades, músicos e incluso billonarios. Ninguno de ellos evadió mi protección.

La zorrita que entró a mi vida como un huracán terminó siendo mi responsabilidad.

Había sido contratado para protegerla... en secreto

El contrato con el estudio fue muy claro. No tengo permitido revelarle que soy su guardaespaldas personal cuando se va del set de grabación.

Ella sabrá la verdad y cuando lo haga, me odiará.

¡REGALOS, LIBROS GRATIS Y MÁS!

Espero que hayas disfrutado de *Sigilo: Mason* y que continúes el viaje con Jaxson, Ariella y el equipo de Táctica Águila.

Aunque esta es mi primera serie como Willow Fox, ya he publicado libros desde el 2013.

No olvides suscribirte a mi Boletín de Noticias: www.authorwillowfox.com/subscribe

Si disfrutaste de *Sigilo: Mason*, por favor no te olvides de dejar una reseña. Las reseñas ayudan a otros lectores a encontrar mis libros.

¿No estás seguro de qué escribir? No hay problema. No tiene que ser una reseña larga. Puedes compartir como encontraste mi libro: ¿Te lo recomendó un amigo o un club de lectura? Déjale saber a los lectores cuál es tu personaje favorito o lo que te gustaría que sucediera después. ¿Lees frecuentemente historias con un "felices para siempre"? ¿Qué te parece el "felices por ahora"? (espero que satisfecho, pero ¡prometo que la serie terminará con un "felices para siempre"!)

¡Gracias por leer el libro! Espero que consideres unirte a mi lista de correo para que puedas conseguir libros gratis, promociones, regalos y noticias de nuevos lanzamientos.

SOBRE LA AUTORA

A Willow Fox le gusta escribir desde que estaba en el instituto, hace muchos años. Sus romances de pueblo son reflejo de una vida en un pequeño pueblo de la América rural.

Ya sea escribiendo romances, o sentada junto a la fogata leyendo un buen libro, Willow ama la magia de las palabras escritas.

Sueña con enamorarse perdidamente y espera hacerlo con sus lectores.

Visita su sitio web en:

https://authorwillowfox.com

TAMBIÉN POR WILLOW FOX

Serie Táctica Águila

Expuesto: Jaxson

Sigilo: Mason

Oculto: Lincoln

Encubierto: Jayden

Matrimonios de la Mafia

Voto Silencioso

Voto Cautivo

Voto Salvaje

Voto Involuntario

Voto Despiadado

Hermanos Bratva

Jefe Brutal

Jefe Malvado

Jefe Posesivo

Jefe Obsesivo